L'ÉTRANGE AFFAIRE
DU PANTALON DE DASSOUKINE

DU MÊME AUTEUR

Aux Éditions Julliard

Les Dents du topographe, roman, 1996 (prix Découverte Albert-Camus).
De quel amour blessé, roman, 1998 (prix Beur FM ; prix Méditerranée des lycéens).
Méfiez-vous des parachutistes, roman, 1999.
Le Maboul, nouvelles, 2001.
La Fin tragique de Philomène Tralala, roman, 2003.
Tu n'as rien compris à Hassan II, nouvelles, 2004 (prix de la nouvelle de la Société des gens de lettres).
La Femme la plus riche du Yorkshire, roman, 2008.
Le Jour où Malika ne s'est pas mariée, nouvelles, 2009.
Une année chez les Français, roman, 2010 (prix Jean-Claude Izzo ; prix de l'Association des écrivains de langue française ; Prix du roman francophone).
La Vieille Dame du riad, roman, 2011.

Aux Éditions Robert Laffont

De l'islamisme : une réfutation personnelle du totalitarisme religieux, 2006.

Chez d'autres éditeurs

Chroniques des temps raisonnables, Éditions Emina Soleil/Tarik, 2003.
L'Oued et le Consul (et autres nouvelles), Flammarion, 2006.
Le Drame linguistique marocain, Le Fennec/Zellige, 2011.
Le jour où j'ai déjeuné avec le Diable, Zellige, 2012.

FOUAD LAROUI

L'ÉTRANGE AFFAIRE DU PANTALON DE DASSOUKINE

nouvelles

Julliard
24, avenue Marceau
75008 Paris

ISBN 978-2-260-01671-7

L'étrange affaire du pantalon de Dassoukine

— La Belgique est bien la patrie du surréalisme, soupire Dassoukine, les yeux dans le vague.

Je ne réponds rien car une telle phrase me semble constituer un incipit – et en présence d'un incipit, que faire ? – sinon attendre la suite, résigné. Mon commensal examine sa chope de bière d'un air soupçonneux. On est pourtant dans le pays qui vit naître cette belle enfant blonde, parfois brune – dans une abbaye, paraît-il. Le serveur nous regarde avec attention. Dans ce superbe endroit sis sur la Grand-Place de Bruxelles, en face de la maison du Cygne, nous formons un trio suspendu à cette thèse : « La Belgique est bien la patrie du surréalisme. » L'incipit flotte encore dans l'air quand Dassoukine entreprend d'élaborer.

— Ce qui vient de m'arriver, ça dépasse quand même toutes les bornes.

Je me retiens d'ajouter : « Et quand les bornes sont franchies... »

Il embraye :

— Or donc, j'ai débarqué hier du Maroc pour une mission des plus délicates. Tu sais que la récolte de céréales s'annonce mal chez nous : il a plu, mais peu. Il nous faut d'urgence du blé, mais où le trouver ? L'Ukraine est partie en flammes, les Russes gardent leurs épis, l'Australie est loin. Une seule solution : l'Europe. Le gouvernement me charge de venir acheter du blé à Bruxelles. C'est une mission de confiance. L'avenir du pays est en jeu. À l'aéroport, à Rabat, ils sont tous sur le tarmac, les ministres, droits comme des ifs, à me souhaiter un bon voyage comme si leur sort dépendait de ma petite personne. Enfin, petite… Je les dépasse tous d'une tête. Le premier ministre me serre la main pendant que les moteurs de l'avion rugissent et que ses yeux s'embuent :

— Au meilleur prix, mon garçon, au meilleur prix ! Le budget de l'État dépend de vos talents de négociateur.

C'est tout juste s'il ne me pince pas l'oreille, genre « la patrie compte sur vous, grenadier ». Je monte dans l'avion et vogue la galère vers les meules de foin. Place Jourdan, à Bruxelles, je prends une chambre dans l'hôtel où les diplomates de haut vol ont leurs habitudes. Check-in, douche, coup d'œil à la télé – le monde existe encore – je te passe les détails. Je descends prendre un verre au bar. Surprise ! Alors que je suis venu chez Tintin pour acheter du blé, voilà que je me retrouve, au premier étage, dans une soirée dont le thème est – ajustons nos lunettes, penchons-nous sur cette affichette – « la promotion de la cuisine alsacienne et de ses vins ». Curieux. J'aurais cru que la gastronomie des bords du Rhin se défendait toute seule – n'est-ce pas là qu'on trouvait autrefois la ligne Maginot ? Mais bon… Je me mêle aux invités. Tout le monde a l'air ravi et personne ne semble remarquer ce grand métèque resquilleur qui achètera demain cent mille quintaux de blé. Personne… Sauf deux gus.

— Deux gus ?

— Oui, un plus un.

— On prononce le « s » au pluriel ?

Dassoukine me regarde, ébahi.

— Je te raconte la mésaventure du siècle et tout ce qui t'inquiète, c'est de savoir si on dit « deux gusssss » ou « deux gu » ?

— Excuses.

— Donc, deux gu-u-u-sssss. Le premier, c'est un serveur qui me demande poliment si je peux lui donner un coup de main : il a besoin de changer une nappe, je ne sais pourquoi. N'ayant, comme tous les serveurs bruxellois, que deux bras, il me tend le plateau qu'il tient, chargé de petits fours, le temps pour lui de procéder à l'opération qu'il s'est mis en tête de réaliser. C'est alors qu'un autre gus (c'est donc le deuxième de mon histoire), genre grand échalas maladroit mais parfaitement bien élevé, me heurte du coude au moment où je tiens le plateau en équilibre sur ma paume ouverte, comme si je n'avais rien fait d'autre dans ma vie, moi qui suis petit-fils de caïd et fils de premier ministre.

— Personne ne le conteste.

— Sauf que le gus deuxième du nom, après s'être excusé d'avoir (presque) fait chavirer mon plateau – pourquoi dis-je « mon » plateau, c'est fou comme on s'adapte à la déchéance – se confond en excuses multilingues – je discerne du hongrois dans son accent anglais et du letton dans sa maltraitance du français ; après donc s'être confondu en excuses comme s'il avait surpris Sissi nue dans sa ruelle ; après, donc, que fait-il ?

— Que fait-il ?

— Eh bien, il cueille un mini-toast sur mon plateau et me remercie en inclinant légèrement le buste.

— Voilà effectivement un type poli, fût-il hongrois.

— Mais la question n'est pas là, idiot ! Il me remercie *comme si j'étais un serveur*.

— Il n'y a pas de sot métier.

— Dans l'absolu, non. Peut-être. Mais enfin, je suis à Bruxelles pour acheter un million de tonnes de blé !

— Tiens, l'inflation.

— Sur les coups de 22 heures, après avoir savouré les plats préparés par les plus grands chefs

– tant qu'à faire – et avoir apprécié, en claquant la langue, des vins dont j'ignorais même l'existence, je me décide à regagner ma chambre. Bruxelles est plongée dans la canicule : il fait encore 39° à cette heure. N'arrivant pas à dormir avec cette chaleur, je lis les *Mémoires* du roi des Belges. Et comme je ne suis pas un fanatique de la clim', je l'ai arrêtée, la gueuse, préférant ouvrir grande la fenêtre. Ma chambre est au premier étage…

— J'ai besoin de connaître tous ces détails ?

— … mais ici les étages sont hauts, cela correspond à un deuxième. Sur le coup de minuit et demi, j'éteins les feux et me mets à penser froment et emblavures. J'suis comme ça : professionnel jusqu'au bout de l'étamine. Peu après, à moitié endormi, j'entends la fenêtre cogner et les rideaux bouger, comme dans ces films d'horreur qui n'effraient même pas les chats. Je me dis que l'orage attendu arrive enfin – « Levez-vous vite, orages désirés »… – et que cela va rafraîchir l'atmosphère. Je m'acagnarde dans le lit et rêve de meules de foin. Quelques minutes plus tard, je suis à nouveau réveillé, cette fois par des bruits métalliques. Cling ! Cling ! Que se passe-t-il donc ? J'ouvre les yeux et vois avec stupéfaction une main accrochée à la rambarde de la fenêtre ! Je me lève en beuglant *(qu'est-ce que c'est que ce binz ?)* et saute hors du lit. La main disparaît. L'instant est grave. Dois-je me pencher à la fenêtre au risque de me retrouver face à face avec

Dracula ou M. le Maudit ? Je suis courageux – tu me connais – mais il y a des limites. J'appelle donc la réception. Le préposé décroche tout de suite – on est quand même dans un hôtel de standing –, je l'informe en deux mots de l'incident, il me demande si c'est le *room-service* que je réclame, j'ajoute quelques détails, il m'annonce que oui, ils ont des frites, je lui parle de main baladeuse, il me répond mayonnaise, je reprends dès le début, en détachant les mots ; après un silence abasourdi, l'homme revient à lui et me dit qu'il appelle illico la police.

Après avoir reposé le combiné, je vais quand même regarder par la fenêtre, armé du *Financial Times* roulé en boule, des fois que la couleur saumon effrayerait les zombies. Je ne vois rien. Personne dans la nuit belge et sereine ! Ma chambre donne sur la chaussée d'Etterbeek, il y a quelques arbustes, mais j'ai beau écarquiller les yeux, le monte-en-l'air a disparu. À vue de nez, il y a bien dix mètres entre la fenêtre de ma chambre et le sol. Le mur est fait de briques, il n'y a pas de gouttière, rien qui puisse permettre de s'accrocher. Il y a bien un petit rebord au-dessous de ma fenêtre, mais il est étroit. Et puis il faut déjà l'atteindre. Et s'y maintenir.

— Vaste programme.

— La police arrive rapidement et se met au travail. Ils sont quatre, débonnaires mais industrieux, ils arpentent les abords de l'hôtel avec des lampes de poche, débusquent quelques chats, dénichent trois araignées, s'exclament en bruxellois mais ne trouvent rien d'humain. Ils repartent, non sans avoir enregistré ma déposition. Selon eux, c'est comme au cirque, trois ou quatre types montent sur les épaules les uns des autres, le dernier atteint la fenêtre, pénètre dans la chambre et fait main basse sur les objets de valeur. Ils disparaissent ensuite dans les bosquets avoisinants – jolis bosquets, soit dit en passant, je te les recommande, ça s'appelle le parc Léopold. Je me dis que je l'ai échappé belle, mon micro-ordinateur étant sur la tablette située juste à côté de la fenêtre. Tous les secrets du Royaume – le nôtre, pas çui des Belges – resteront secrets. Je me recouche, assez perplexe.

— Et les bruits métalliques ?

— Oubliés ! Et puis j'avais autre chose à faire qu'à m'interroger sur la rumeur du monde. Le lendemain matin, toilette, douche, rasage, *after-shave*, le rituel du ministre en mission, quoi. Je m'apprête à m'habiller, et là, stupeur et tremblements, comme dirait un auteur local : plus de pantalon ! *Nada, niente !* Je l'avais laissé, plié, à plat sur la valise, près de la fenêtre. Et à c't'heure, il brille par son absence ! En un éclair, je comprends tout : le voleur a tiré mon pantalon, dans lequel se trouvait un tas de pièces de monnaie. Et ce sont celles-ci, en tombant des poches, qui m'ont réveillé !

— Voilà un mystère éclairci.

— Sacré coup de chance, me dis-je *in petto*. En

général, je vide les poches de mon pantalon avant de le plier, le soir. Là, va savoir pourquoi, je ne l'ai pas fait. Le bruit m'a réveillé et le larron est parti sans mon ordinateur, qui contient les plans des missiles nucléaires planqués sous Djemaa el-Fna. Par contre, j'avais aussi laissé les billets, et pour le coup, ce sont trois cent vingt euros qui ont disparu. Bah, plaie d'argent n'est pas mortelle… Le problème – dirai-je le drame ? la catastrophe ? –, c'est que je n'ai pas d'autre pantalon. Pour un voyage de deux jours, je ne pars qu'avec le *saroual* que je porte. Pourquoi faire compliqué ? Deux chemises, oui, mais un seul futal : je ne suis pas Patino le roi du cuivre, ni un milord anglais. Donc, *nix* pantalon et l'Europe m'attend à neuf heures zéro minute. Je descends en pyjama à la réception. Le directeur s'y trouve, tiré à quatre épingles. Il est déjà au courant de ma mésaventure. Hélas, me dit-il, tous les magasins sont encore clos, à c'te heure matutinale. Le front soucieux, il explore quelques possibilités. Il pourrait aller chez lui et m'apporter un de ses pantalons, il pourrait demander à ses employés, mais toutes ces suggestions pétries de cette bonne volonté dont on fait les Belges se brisent sur l'irréfragable réalité : je suis plus grand que tous ces Samaritains. J'aurais l'air de Nixon sauvé des eaux ! Dans le hall de l'hôtel, nous nous regardons, penauds, et les secondes passent.

— J'ose à peine vous le suggérer…, me dit-il en

ajustant ses lunettes d'un air extrêmement distingué.

— Dites, dites ! Tout plutôt qu'à poil ou ceint d'un tonneau !

— Il y a à deux minutes d'ici, au coin de la rue de l'Étang, une boutique Oxfam Solidarité qui vend des vêtements usagés.

— Mais elle sera fermée !

— C'est ma tante qui la gère, appelons-la, elle nous ouvrira. Elle habite à deux pas.

Dassoukine avale une gorgée de café et prend un air tragique.

— Qui n'a jamais traversé la place Jourdan en pyjama, le cheveu en bataille, à la recherche d'une œuvre de charité alors qu'il est petit-fils de caïd, ne conçoit pas l'absurde. J'envahis la boutique où nous attend une vieille dame au sourire angélique.

— Mon Dieu, vous êtes un géant, pépie-t-elle, affolée.

— Pour vous servir, madame.

— Tout ce que nous avons à votre taille, se reprend-elle, c'est cela.

Elle décroche une loque et me la tend. Funérailles ! C'est un pantalon de golf, l'œuvre d'un tailleur fou, le harnachement d'un clown. La chose a vécu, et même plusieurs vies, et des dures. Les couleurs qui la composaient à l'origine sont maintenant fanées mais on devine qu'elles ont dû jurer dru quand le monde était jeune. On croit deviner sur le tissu, sur la toile devrais-je dire, du jaune, du caca d'oie, du vert évanescent, de la terre d'ombre brûlée, des losanges rouges en surimpression... Mais n'accablons pas l'épave car elle présente un avantage incontestable : elle est exactement à ma taille. Je jette cinq euros sur le comptoir, j'oublie mon pyjama et je me précipite vers la salle de réunion : c'est à deux pas, au bout de la rue Froissart. Le planton tique en avisant le futal mais mes papiers sont en règle et il me laisse entrer en déplorant à voix basse la fin de la civilisation européenne. J'entre dans la salle, où mon irruption fait sensation. Le comité, qui est déjà là, sur une sorte d'estrade, s'exorbite à me regarder en dessous de la ceinture, comme si je me réduisais à deux jambes.

— On est peu de chose.

— Je m'assois sur la chaise qui fait face à ces messieurs-dames de l'Europe et je me dispose à présenter ma plaidoirie. Je plante mon regard dans les yeux du comité, si j'ose dire... et c'est là que je manque tomber de ma chaise. Car qui préside le comité ? Je te le donne en mille.

— Euh...

— Le Hongrois !

— Attila le Hun ?

— Non, crétin ! Le Hongrois d'hier, courtois jusqu'au trognon, petit-fils de l'archiduc et des Bourbons réunis. Il me regarde en fronçant le sourcil (« Je connais cette tête... »), puis sa bouche bée

(« Non, pas lui, pas le loufiat d'hier ! »), et c'est ensuite l'allégorie hongroise de la stupéfaction et de la commisération que j'ai devant moi (« C'est bien lui ! ») et le voilà qui se penche vers ses confrères, éperdu, et se met à leur parler à voix basse. Il a oublié de débrancher son micro, l'interprète continue donc, imperturbable, de traduire – c'est son boulot – et c'est ainsi que j'entre par effraction dans une discussion où il s'agit de moi, et surtout de mon pantalon. Monsieur Hongre raconte la réception de la veille et que j'y faisais le serveur et que j'y promenais avec une grande dextérité un plateau chargé de petits fours que j'ai d'ailleurs failli lui déverser dessus ; mais, ajoute-t-il avec ce sens de l'équité où je reconnais bien le fils de grande tente, fût-elle celle des Habsbourg, il faut reconnaître que je l'ai servi avec un grand professionnalisme. L'exposé de l'archiduc sidère ses pairs. Puis l'Europe, comme d'habitude, se divise. Le Slovaque estime que j'ai joué les extras au buffet parce que je n'avais pas d'argent, mais l'Anglaise rétorque que je suis venu en avion et non en tapis volant : c'est donc que j'avais de quoi, que je n'étais pas complètement *skint*. L'Italien se tapote le menton, soupçonnant une *combinazione*, mais quelle ? L'Espagnol grommelle quelque chose à propos des « Moros » qui n'en feront jamais d'autre. Peut-être ai-je mis en scène cette mystification, pour d'obscures raisons ? Le Français, cartésien jusqu'aux sourcils, exprime ses doutes : connaissant bien le Maroc, il imagine mal un ministre de Sa Majesté arriver fauché (comme les blés) à Bruxelles ; et s'il s'agissait d'un sosie ?

— Sosie ? interrompt l'Allemand. *Ach so*... Mais lequel ? Le *Kellner* d'hier ou ce type, là, sur la sellette ?

Le comité, comme un seul homme, se redresse et m'examine d'un air soupçonneux. Suis-je bien moi-même ? Ou un clown imposteur ? Ou un laquais qui se pousse du col ?

L'Anglaise toussote puis grince dans ma direction :

— Exckiousez-moi... *This is highly unusual, but*... Pieuvons-nous vouâr vos... papiers d'*identity* ?

C'est l'incident diplomatique. Je me redresse, droit dans mes braies multicolores, et je joue la grande scène de l'indignation tiers-mondiste face à l'arrogance de l'Occident. Qu'est-ce que c'est ? Quoi ? Je rêve ! Demanderiez-vous ses papiers à un ministre étatsunique ou russe ? Ou même albanais ? Dois-je exhiber, tant qu'on y est, ma fiche anthropométrique ? Mon casier judiciaire ? Mes vaccinations contre la dengue et le choléra ? Le Hongrois, tout en mimiques d'apaisement, me fait signe de me rasseoir et rabroue l'Albion perfide qui grommelle des menaces.

Je me remets à disserter sur le blé, « dont nous

étions autrefois exportateurs vers l'Empire romain », mais personne ne m'écoute, on se fiche bien de la Rome antique. Puis le Hongrois fait un geste impérieux et suspend la séance. Ces messieurs-dames vont aviser. On me prie d'attendre dans une pièce attenante, où l'on me sert du café et des pralines – tiens, croque, c'est du belge. Au bout d'une demi-heure, un huissier vient me chercher : le comité a pris une décision.

— Et alors ?

— Alors, j'ai eu le blé pour rien. Ils se sont souvenus fort à propos qu'il y avait une sorte de stock d'urgence destiné aux cas désespérés, genre la Somalie, le Tchad et les pays dont les ministres portent des loques. Des quintaux de céréales gratuitement ! On me prépare ce soir une réception grandiose à l'aéroport de Rabat. « L'homme qui a fait gagner cent millions d'euros à son pays. » C'est plutôt mon pantalon qu'on devrait honorer.

Il regarde au-dehors, l'air songeur. Les façades de la Grand-Place scintillent. Dassoukine soupire.

— La plus belle place du monde, disent-ils. Et ils ont raison. Mais moi, je ne me souviendrai que de la place Jourdan, qui m'a vu me déguiser en clown et en domestique pour mieux servir mon pays. Qui le croira jamais ?

Dislocation

Que serait, se demanda-t-il, un monde où tout serait *étranger* ?

Que serait, se demanda-t-il en marchant lentement en direction de sa maison, un monde où tout serait *étranger* ?

Que serait, se demanda-t-il en marchant lentement en direction de sa maison, où l'attendait sa femme Anna, un monde où tout serait *étranger* ?

Que serait, se demanda-t-il en marchant lentement en direction de sa maison, où l'attendait sa femme Anna – la douce, la gentille Anna –, un monde où tout serait *étranger* ?

Que serait, se demanda-t-il en marchant lentement en direction de sa maison, où l'attendait sa femme Anna – la douce, la gentille Anna, qu'il avait fini par épouser, pour *faire une fin* (n'est-ce pas comme cela qu'on disait, autrefois, dans le monde des courtisanes parisiennes ?) –, un monde où tout serait *étranger* ?

Que serait, se demanda-t-il en marchant lentement en direction de sa maison, où l'attendait sa femme Anna – la douce, la gentille Anna, qu'il avait fini par épouser, pour *faire une fin* (n'est-ce pas comme cela qu'on disait, autrefois, dans le monde des courtisanes parisiennes ? – *Oh Maati, toi et tes références françaises...*) –, un monde où tout serait *étranger* ?

Que serait, se demanda-t-il en marchant lentement en direction de sa maison, où l'attendait sa femme Anna – la douce, la gentille Anna, qu'il avait fini par épouser, pour *faire une fin* (n'est-ce pas comme cela qu'on disait, autrefois, dans le monde des courtisanes parisiennes ? – *Oh Maati, toi et tes références françaises...* et parfois, elle ajoutait : *« Toi qui n'es même pas français, toi qui es marocain »*) –, un monde où tout serait *étranger* ?

Que serait, se demanda-t-il en marchant lentement en direction de sa maison, où l'attendait sa femme Anna – la douce, la gentille Anna, qu'il avait fini par épouser, pour *faire une fin* (n'est-ce pas comme cela qu'on disait, autrefois, dans le monde des courtisanes parisiennes ? – *Oh Maati, toi et tes références françaises...* et parfois, elle ajoutait : *« Toi qui n'es même pas français, toi qui es marocain.* » Il avait essayé un jour de lui expliquer qu'il était marocain par le corps, par la naissance, mais « français par la tête »… Elle lui avait ri au nez, et lui-même n'était pas très convaincu par son *plaidoyer pro domo*) –, un monde où tout serait *étranger* ?

Que serait, se demanda-t-il en marchant lentement en direction de sa maison, où l'attendait sa femme Anna – la douce, la gentille Anna, qu'il avait fini par épouser, pour *faire une fin* (n'est-ce pas comme cela qu'on disait, autrefois, dans le monde des courtisanes parisiennes ? – *Oh Maati, toi et tes références françaises…* et parfois, elle ajoutait : *« Toi qui n'es même pas français, toi qui es marocain.* » Il avait essayé un jour de lui expliquer qu'il était marocain par le corps, par la naissance, mais « français par la tête »… Elle lui avait ri au nez, et lui-même n'était pas très convaincu par son *plaidoyer pro domo.* Mais ici, nom de Dieu ! ici, à Utrecht, n'était-il pas dix fois plus étranger que s'il s'était installé à Nantes ou à Montpellier ?) –, un monde où tout serait *étranger* ?

Que serait, se demanda-t-il en marchant lentement en direction de sa maison, où l'attendait sa femme Anna – la douce, la gentille Anna, qu'il avait fini par épouser, pour *faire une fin* (n'est-ce pas comme cela qu'on disait, autrefois, dans le monde des courtisanes parisiennes ? – *Oh Maati, toi et tes références françaises...* et parfois, elle ajoutait : *« Toi qui n'es même pas français, toi qui es marocain. »* Il avait essayé un jour de lui expliquer qu'il était marocain par le corps, par la naissance, mais « français par la tête »... Elle lui avait ri au nez, et lui-même n'était pas très convaincu par son *plaidoyer pro domo.* Mais ici, nom de Dieu ! ici, à Utrecht, n'était-il pas dix fois plus étranger que s'il s'était installé à Nantes ou à Montpellier ? Là-bas, les arbres auraient eu un nom familier, les arbres et les animaux et les articles ménagers, au supermarché ; il n'aurait pas eu besoin, là-bas, de consulter un dictionnaire pour acheter une serpillière) –, un monde où tout serait *étranger* ?

Que serait, se demanda-t-il en marchant lentement en direction de sa maison, où l'attendait sa femme Anna – la douce, la gentille Anna, qu'il avait fini par épouser, pour *faire une fin* (n'est-ce pas comme cela qu'on disait, autrefois, dans le monde des courtisanes parisiennes ? – *Oh Maati, toi et tes références françaises...* et parfois, elle ajoutait : *« Toi qui n'es même pas français, toi qui es marocain. »* Il avait essayé un jour de lui expliquer qu'il était marocain par le corps, par la naissance, mais « français par la tête »... Elle lui avait ri au nez, et lui-même n'était pas très convaincu par son *plaidoyer pro domo.* Mais ici, nom de Dieu ! ici, à Utrecht, n'était-il pas dix fois plus étranger que s'il s'était installé à Nantes ou à Montpellier ? Là-bas, les arbres auraient eu un nom familier, les arbres et les animaux et les articles ménagers, au supermarché ; il n'aurait pas eu besoin, là-bas, de consulter un dictionnaire pour acheter une serpillière – une *serpillière*, grands dieux ! Il en était là, lui qui avait rêvé de « transformer le monde » – c'était quoi, cette citation de Marx qu'il répétait avec exaltation, avec une sorte de fierté par anticipation – comme un programme, comme un projet… ah oui : « Les philosophes n'ont fait qu'interpréter le monde ; il s'agit aujourd'hui de le changer ! » Il ajoutait autrefois, un peu cuistre, mais cuistre conquérant : « c'est la onzième thèse sur Feuerbach », oui, oui : « il s'agit aujourd'hui de le *changer* ! ») –, un monde où tout serait *étranger* ?

Que serait, se demanda-t-il en marchant lentement en direction de sa maison, où l'attendait sa femme Anna – la douce, la gentille Anna, qu'il avait fini par épouser, pour *faire une fin* (n'est-ce pas comme cela qu'on disait, autrefois, dans le monde des courtisanes parisiennes ? – *Oh Maati, toi et tes références françaises…* et parfois, elle ajoutait : *« Toi qui n'es même pas français, toi qui es marocain. »* Il avait essayé un jour de lui expliquer qu'il était marocain par le corps, par la naissance, mais « français par la tête »… Elle lui avait ri au nez, et lui-même n'était pas très convaincu par son *plaidoyer pro domo.* Mais ici, nom de Dieu ! ici, à Utrecht, n'était-il pas dix fois plus étranger que s'il s'était installé à Nantes ou à Montpellier ? Là-bas, les arbres auraient eu un nom familier, les arbres et les animaux et les articles ménagers, au supermarché ; il n'aurait pas eu besoin, là-bas, de consulter un dictionnaire pour aller acheter une serpillière – une *serpillière*, grands dieux ! Il en était là, lui qui avait rêvé de « transformer le monde » – c'était quoi, cette citation de Marx qu'il répétait avec exaltation, avec une sorte de fierté par anticipation – comme un programme, comme un projet… ah oui : « Les philosophes n'ont fait qu'interpréter le monde ; il s'agit aujourd'hui de le changer ! » Il ajoutait autrefois, un peu cuistre, mais cuistre conquérant : « c'est la onzième thèse sur Feuerbach », oui, oui : il s'agit aujourd'hui de le *changer* ! Mais aujourd'hui ? Les vicissitudes de la vie… Le voici immigré dans un monde dont il ne connaît pas les codes, ou alors très vaguement, un monde dont il lui faut chaque jour découvrir les codes – ce coup de coude discret d'Anna, ce coup de coude dans les côtes ce soir où il avait plongé avec entrain sa cuillère dans le bol de soupe, ce soir où ses parents à elle étaient en visite – eh, il fallait attendre la petite prière rendant grâces à Dieu pour la nourriture disposée sur la table – son père (à elle) n'était-il pas pasteur de l'Église réformée des Pays-Bas ?) –, un monde où tout serait *étranger* ?

Que serait, se demanda-t-il en marchant lentement – de plus en plus lentement, comme s'il était peu pressé d'arriver – en direction de sa maison, où l'attendait sa femme Anna – la douce, la gentille Anna – mais douce, mais gentille, parce que lui-même ne la contrariait jamais, ayant décidé une fois pour toutes que c'était lui qui s'était installé aux Pays-Bas, qu'on avait bien voulu de lui, et qu'il n'était pas question, par conséquent, d'importer quoi que ce soit des mœurs, des us, des attitudes de son Maroc natal dans ce pays où ~~il refaisait sa vie,~~ non : où il continuait sa vie –, Anna qu'il avait fini par épouser, pour *faire une fin* (n'est-ce pas comme cela qu'on disait, autrefois, dans le monde des courtisanes parisiennes ? (Proust utilise-t-il quelque part cette expression ?) – *Oh Maati, toi et tes références françaises…* et parfois, elle ajoutait : *« Toi qui n'es même pas français, toi qui es marocain. »* (Ce n'était pas méchant, juste un peu moqueur – Anna n'établissait aucune hiérarchie entre Marocains et Français – de cela, dont il avait fini par se convaincre avec étonnement, il lui était profondément reconnaissant.) Il avait essayé un jour de lui expliquer qu'il était marocain par le corps, par la naissance, mais « français par la tête »… (Il se souvenait du titre du roman-essai de Günter Grass, *Les Enfants par la tête.*) Elle lui avait ri au nez, et lui-même n'était pas très convaincu par son *plaidoyer pro domo.* (Il s'irritait vite quand Anna le contredisait, et encore plus quand il devait reconnaître qu'elle avait raison, au moins partiellement – mais il n'en laissait rien paraître, fidèle à sa ligne de conduite : « Je ne suis pas ici chez moi, je suis une sorte d'invité dans ce pays. »). Mais ici, nom de Dieu ! ici, à Utrecht, n'était-il pas dix fois plus étranger que s'il s'était installé à Nantes ou à Montpellier ? Là-bas, les arbres auraient eu un nom familier, les arbres et les animaux et les articles ménagers, au supermarché ; il n'aurait pas eu besoin, là-bas, de consulter un dictionnaire pour acheter une serpillière – une *serpillière*, grands dieux ! Il en était là, lui qui avait rêvé de « transformer le monde » – c'était quoi, cette citation de Marx qu'il répétait avec exaltation (dans sa jeunesse, car maintenant les occasions de citer Marx se faisaient rares…), avec une sorte de fierté par anticipation – comme un programme, comme un projet… ah oui : « Les philosophes n'ont fait qu'interpréter le monde ; il s'agit aujourd'hui de le changer ! » Il ajoutait autrefois, un peu cuistre, mais cuistre conquérant : « c'est la onzième thèse sur Feuerbach », oui, oui : il s'agit aujourd'hui de le *changer* ! Mais aujourd'hui ? Les vicissitudes de la vie… Le voici immigré dans un monde dont il ne connaît pas les codes, ou alors très vaguement, un monde dont il lui faut chaque jour découvrir les codes – ce coup de coude discret d'Anna, ce coup de coude dans les côtes ce soir où il avait plongé avec entrain sa cuillère dans le bol de soupe, ce soir où ses parents à elle étaient en visite – eh, il fallait attendre la petite prière rendant grâces à Dieu pour la nourriture disposée sur la table – son père (à elle) n'était-il pas pasteur de l'Église réformée des Pays-Bas ? Reposant précipitamment la cuillère à côté du bol, il avait joint ses mains avec onction et incliné la tête – on n'attendait pas de lui qu'il fît la petite prière (comment disait-on ? « action de grâce » ?) mais au moins qu'il donnât l'impression de se recueillir avec eux, qu'il soit un peu de leur monde –, un monde où tout serait *étranger* ?

Que serait… se demanda-t-il en marchant lentement – de plus en plus lentement, comme s'il était peu pressé d'arriver – en direction de sa maison (*leur* maison), où l'attendait sa femme Anna – la douce, la gentille Anna – mais douce, mais gentille, parce que lui-même ne la contrariait jamais, ayant décidé une fois pour toutes que c'était lui qui s'était installé aux Pays-Bas, qu'on avait bien voulu de lui (on lui avait même donné un passeport), et qu'il n'était pas question, par conséquent, d'importer quoi que ce soit des mœurs, des us, des attitudes de son Maroc natal dans ce pays où ~~il refaisait sa vie,~~ non : où il continuait sa vie – la douce, la gentille Anna qu'il avait fini par épouser, pour *faire une fin* (n'est-ce pas comme cela qu'on disait, autrefois, dans le monde des courtisanes parisiennes ? (Proust utilise-t-il quelque part cette expression ? À propos d'Odette, peut-être ?) – *Oh Maati, toi et tes références françaises*... et parfois, elle ajoutait, avec un sourire : *« Toi qui n'es même pas français, toi qui es marocain ! »* (Ce n'était pas méchant, juste un peu moqueur – Anna n'établissait aucune hiérarchie entre Marocains et Français – de cela, dont il avait fini par se convaincre avec étonnement, il lui était profondément reconnaissant – c'était tellement nouveau, un pays où il était exactement aussi bien vu, ou mal vu (c'était selon), que les Français. Toujours ça de pris, dans l'exil.) Il avait essayé un jour, de lui expliquer qu'il était marocain par le corps, par la naissance, mais « français par la tête »... (Il se souvenait du titre du roman-essai de Günter Grass, *Les Enfants par la tête*. Aujourd'hui, il pouvait le lire en allemand, dans le texte : *Kopfgeburten oder die Deutschen sterben aus*. Apprenant le néerlandais, il avait appris l'allemand dans la foulée. Toujours ça de pris, dans l'exil *(bis)*. J'ai froid, se disait-il parfois avec une ironie amère, j'ai froid et je mange des choses sans goût, mais au moins j'ai appris l'allemand, langue des philosophes, et je sais maintenant très exactement ce que veut dire *aufheben*, ils nous impressionnaient bien, les Althusser et consorts, les Derrida, les Glucksmann, à Paris, quand ils nous sortaient des mots comme celui-là, sans les traduire, comme s'ils se servaient d'un abracadabra dont ils avaient seuls l'usage.) Elle lui avait ri au nez, et lui-même n'était pas très convaincu par son *plaidoyer pro domo.* (Il s'irritait vite quand Anna le contredisait, et encore plus quand il devait reconnaître qu'elle avait raison, au moins partiellement – mais il n'en laissait rien paraître, fidèle à sa ligne de conduite : « Je ne suis pas ici chez moi, je suis une sorte d'invité dans ce pays. »). Mais ici, nom de Dieu ! ici, à Utrecht, n'était-il pas dix fois plus étranger que s'il s'était installé à Nantes ou à Montpellier ? Là-bas, les arbres auraient eu un nom familier, les arbres et les animaux et les articles ménagers, au supermarché ; il n'aurait pas eu besoin, là-bas, de consulter un dictionnaire pour acheter une serpillière – une *serpillière*, grands dieux ! Il en était là, lui qui avait rêvé de « transformer le monde » – c'était quoi, cette citation de Marx qu'il répétait avec exaltation (dans sa jeunesse, car maintenant les occasions de citer Marx se faisaient rares – à l'université, il s'était aperçu qu'on pouvait soutenir des thèses en économie, en sociologie, sans savoir ce qu'étaient *la plus-value* ou *la baisse tendancielle du taux de profit moyen*), qu'il répétait avec une sorte de fierté par anticipation – comme un programme, comme un projet, une raison de vivre… ah oui : « Les philosophes n'ont fait qu'interpréter le monde ; il s'agit aujourd'hui de le changer ! » Il ajoutait autrefois, un peu cuistre, mais cuistre conquérant : « c'est la onzième thèse sur Feuerbach », la dernière, celle qui fait le lien avec la *praxis*, oui, oui : il s'agit aujourd'hui de le *changer* ! Mais aujourd'hui ? Les vicissitudes de la vie... Le voici immigré dans un monde dont il ne connaît pas (tous) les codes, ou alors très vaguement, un monde dont il lui faut chaque jour découvrir certains codes – misère ! ce coup de coude discret d'Anna, ce coup de coude dans les côtes, ce soir où il avait plongé avec entrain sa cuillère dans le bol de soupe, ce soir où ses parents à elle étaient en visite – eh, il fallait attendre la petite prière rendant grâces à Dieu pour la nourriture disposée sur la table – son père (à elle) n'était-il pas pasteur de l'Église réformée des Pays-Bas ? N'avait-il pas accepté, ce père sévère (mais pas trop), barbu comme Jéhovah (mais pas trop), amateur de Bach (sans modération), que sa fille épouse un étranger ? Ne fallait-il pas lui en savoir gré ? Même si on pouvait lire toute cette histoire autrement, et le voir lui, l'étranger, comme le perdant de l'affaire ; et pour illustrer le tout, passer d'un Allemand à l'autre, de Marx à Nietzsche : « Tel s'en fut comme un héros en quête de victoires et n'eut finalement pour tout butin qu'un petit mensonge bien attifé : c'est ce qu'il nomme son mariage. » Mensonge bien attifé (si doux, si gentil) qui venait de lui bourrer les côtes... Reposant précipitamment la cuillère à côté du bol, il avait joint ses mains (lui qui n'avait jamais fait cela, dans son pays, qui jamais n'avait prié, ni même n'était entré dans une mosquée) et incliné la tête – on n'attendait pas de lui qu'il fît la petite prière (comment disait-on ? « action de grâce » ?) mais au moins qu'il donnât l'impression de se recueillir avec eux, qu'il fût un peu de leur monde) –, un monde où tout serait *étranger* ?

Que serait, se demanda-t-il en marchant lentement…

… de plus en plus lentement, il finit par s'arrêter tout à fait à l'angle de la rue du Transvaal…

… comme s'il était peu pressé d'arriver – en direction de sa maison (*leur* maison),…

… c'est quoi, une maison ? House *ou* home*? Juste un cube, un grand cube, un découpage de l'espace que le cadastre lui attribuait… Il y regardait la télévision, y dormait, y regardait du coin de l'œil une jolie jeune femme blonde assise sur le sofa, à côté de lui, et dont il oubliait parfois qui elle était…*

… ah oui, c'est ma femme… (ma *femme ? Que signifie ce possessif ? Je possède quoi, exactement ? Ne suis-je pas plutôt la chose possédée, l'animal apprivoisé – il doit bien y avoir un tigre ou un lion, au zoo d'Amsterdam, qui s'imagine posséder quelque chose, qui croit déambuler chez lui et que ce bout de bois en forme d'arbre est à lui, gare à qui viendrait s'y frotter – ce sont eux, la conspiration des Blancs-Blonds amateurs de Bach qui me*

possèdent de la plus subtile des manières – je suis dans leurs rets – les rets, c'est les fers – laissez-les faire, je finirai dans la cave, dans la cale du navire battu par les flots, en route vers la plantation, vers le zoo...)

… où l'attendait sa femme Anna – la douce, la gentille Anna – mais douce, mais gentille, parce que lui-même ne la contrariait jamais…

... *il était devenu un renonçant, un* sâdhu... *(« Vous êtes sûrs que vous êtes mariés, vous deux ? [C'est une voisine qui parle, loquace, complice...] Vous ne vous disputez jamais. ») Exact, aurait-il pu lui répondre maintenant : j'ai renoncé – au monde de la discorde – je me suis abstrait du monde, je suis une* abstraction *– d'ailleurs, on me présente comme telle. Maati ? Quel nom curieux... Vous êtes quoi ?* (Quoi.) *Ah, marocain... Arrivent alors les adjectifs en rang serré, l'abstraction se précise : musulman, probablement macho, amateur de trucs compliqués, tam-tam, et n'est-ce pas* chez vous *qu'on trouve un grand désert ? (Chez moi ? J'habite rue du Transvaal, à Utrecht.) Non, je veux dire :* chez vous.

… ayant décidé une fois pour toutes que c'était lui qui s'était installé aux Pays-Bas, qu'on avait bien voulu de lui (on lui avait même donné un passeport)…

Qui lui avait donné un passeport ? L'État, « le plus froid des monstres froids »... Pas la voisine : elle aurait sans doute hésité. Vous, mon compatriote ? Mais avez-vous, comme moi, trente corps sans vie dans un caveau, ce sont mes ancêtres, allongés, raides, ils montent la garde, en procession perpétuelle, quoique figée ; et ce cimetière, où courent les écureuils, j'y vais fleurir des tombes, vous m'avez plutôt la tête de qui viendrait cracher sur les sépultures – je n'ai jamais vu des gens comme vous trottiner à la Toussaint dans le bel alignement des marbres...

… et qu'il n'était pas question, par conséquent, d'importer quoi que ce soit des mœurs, des us, des attitudes de son Maroc natal…

... qu'est-ce qu'il en connaissait d'abord ?

… dans ce pays où ~~il refaisait sa vie,~~ non : où il continuait sa vie – la douce, la gentille Anna qu'il avait fini par épouser, pour *faire une fin* (n'est-ce pas comme cela qu'on disait, autrefois, dans le monde des courtisanes parisiennes ? (Proust utilise-t-il quelque part cette expression ? À propos d'Odette, peut-être ?)…

... ça faisait des années qu'il ne lisait plus Proust. Il n'en avait plus l'usage. Ni le partage. Simenon, parfois... même pas... le journal... la page des sports... la télévision...

— *Oh Maati, toi et tes références françaises...* et parfois, elle ajoutait, avec un sourire : « *Toi qui n'es même pas français, toi qui es marocain !* »

Ça sonne comme un reproche. À l'angle de la rue du Transvaal, où cent maisons absolument identiques tracent une ligne de fuite vers le néant, tout semble être un acte d'accusation que le greffier, on le pressent, finira par résumer par cette question articulée sur un ton glacial : « Qu'est-ce que vous faites ici ? »

(Ce n'était pas méchant, juste un peu moqueur – Anna n'établissait aucune hiérarchie entre Marocains et Français...)

... ni d'ailleurs entre Chinois et Péruviens, ni entre quiconque et personne, en bonne petite protestante...

... — de cela, dont il avait fini par se convaincre avec étonnement, il lui était profondément reconnaissant –

... jusqu'à cet instant, cette dislocation, rue du Transvaal ; il n'était plus reconnaissant de rien, il ne reconnaissait plus rien, non plus ; il aurait préféré qu'elle le traitât de Chinois, plutôt que de lui dire : « Tu es autre, *mais ça ne fait rien, on te pardonne, et tu es l'égal de tous les autres » – comme au zoo, le tigre semble être l'égal du porc-*

épic, on les nourrit pareillement, on les aime tout uniment et le cartouche devant l'enclos, qui les désigne très scientifiquement, qui les situe *(il y a une mappemonde et du rouge pour marquer le territoire où ils sévissent), eh bien, quoi, le cartouche ? Eh bien, il est le même pour tous, tigre, porc-épic ou bonobo – mais, Anna, tu es en dehors de l'enclos, c'est ton père, plus jeune, la barbe moins blanche, qui te montre le bonobo du doigt et te lit à haute voix la description que lui offre le cartouche...*

... c'était tellement nouveau, un pays où il était exactement aussi bien vu, ou mal vu (c'était selon), que les Français. Toujours ça de pris, dans l'exil.) Il avait essayé un jour de lui expliquer qu'il était marocain par le corps, par la naissance, mais « français par la tête »...

... ça veut dire quoi, ça ? C'est absurde... c'est épuisant... mon Dieu, tout est en train de f... le camp... C'est ma tête, justement, qui se liquéfie – « la France, ton jus fout le camp ! » – et que restera-t-il, que reste-t-il de nos amours, si la tête f... le camp, rien qu'un corps, un grand corps malade, à la renverse, plus grand mort que vivant...

(Il se souvenait du titre du roman-essai de Günter Grass, *Les Enfants par la tête*. Aujourd'hui, il pouvait le lire en allemand, dans le texte : *Kopfgeburten oder die Deutschen sterben aus*...

... grand bien te fasse ! Grand bien me fasse ! Qui parle ? Qui m'apostrophe ? Quels sont ces serpents...

Apprenant le néerlandais, il avait appris l'allemand dans la foulée. Toujours ça de pris, dans l'exil *(bis)*. J'ai froid, se disait-il parfois avec une ironie amère, j'ai froid et je mange des choses sans goût, mais au moins j'ai appris l'allemand, langue des philosophes, et je sais maintenant très exactement ce que veut dire *aufheben*, ils nous impressionnaient bien, les Althusser et consorts, les Derrida, les Glucksmann, à Paris, quand ils nous sortaient des mots comme celui-là, sans les traduire, comme s'ils se servaient d'un abracadabra dont ils avaient seuls l'usage.)

Ils seraient ici, dans cette rue, je leur jetterais une grosse pierre à la tête, une pierre qu'il me faudrait d'abord soulever, aufheben, *mais qui donc, mais quoi donc en moi s'amuse à faire de mauvais jeux de mots bilingues ? Qui-donc-quoi-donc force ma bouche dans un rictus – allons, ce n'est pas tellement drôle ! – alors que je suis en train de me disloquer, à l'angle de cette rue...*

Elle lui avait ri au nez, et lui-même n'était pas très convaincu par son *plaidoyer pro domo*. (Il s'irritait vite quand Anna le contredisait, et encore plus quand il devait reconnaître qu'elle avait raison, au moins partiellement – mais il n'en laissait rien paraître, fidèle à sa ligne de conduite : « Je ne suis pas ici chez moi, je suis une sorte d'invité dans ce pays. »)

... comme si on était jamais chez soi... une petite poussière dans un univers illimité. Le silence éternel de ces espaces infinis m'effraie... Ou est-ce « le silence infini de ces espaces éternels m'effraie » ? Et les uns s'y croient chez eux, dans ce petit grain de poussière, dans un petit coin du grain, et les autres y seraient invités...

Mais ici, nom de Dieu ! ici, à Utrecht, n'était-il pas dix fois plus étranger que s'il s'était installé à Nantes ou à Montpellier ? Là-bas, les arbres auraient eu un nom familier, les arbres et les animaux et les articles ménagers, au supermarché ; il n'aurait pas eu besoin, là-bas, de consulter un dictionnaire pour acheter une serpillière – une *serpillière*, grands dieux ! Il en était là, lui qui avait rêvé de « transformer le monde » – c'était quoi, cette citation de Marx qu'il répétait avec exaltation (dans sa jeunesse, car maintenant les occasions de citer Marx se faisaient rare – à l'université, il s'était aperçu qu'on pouvait soutenir des thèses en économie, en sociologie, sans savoir ce qu'étaient la plus-value ou la baisse tendancielle du taux de profit moyen)...

... mais m... ! C'est fini, c'est dépassé, tout ça... À quoi ça te sert, ici ? Tout Marx dans la Pléiade...

Un jour, quelqu'un jettera ça dans une benne, n'y comprenant rien (« C'est du français »)... Très distinctement, il voit la scène et une vague d'infinie tristesse le submerge. Des hommes jeunes, rigolards, parlant de football, jetteront une à une ses Pléiade dans une benne à ordures et ces millions de mots, ces millions d'oiseaux morts, iront pourrir dans un coin du polder...

... avec une sorte de fierté par anticipation – comme un programme, comme un projet, une raison de vivre... ah oui : « Les philosophes n'ont fait qu'interpréter le monde ; il s'agit aujourd'hui de le changer ! »

Il bredouille, les larmes aux yeux : Die Philosophen haben die Welt nur verschieden interpretiert ; es kömmt drauf an, sie zu verändern. *Ça finit comme un sanglot :* verändern ! *Note bien ceci,* Deus absconditus : *un soir d'hiver, rue du Transvaal, dans une petite ville de Hollande, un Marocain en pleine dislocation a cité à haute voix, en allemand, la onzième thèse sur Feuerbach. Pas un brin d'herbe n'a tremblé,* not a mouse stirring. *(Quand un chêne s'abat au cœur de la forêt inhabitée, cela fait-il du bruit ? Il vient enfin d'avoir la réponse, mais c'est trop tard.)*

Il ajoutait autrefois, un peu cuistre, mais cuistre conquérant : « c'est la onzième thèse sur Feuerbach », la dernière, celle qui fait le lien avec la *praxis*, oui, oui : il s'agit aujourd'hui de le *changer* ! Mais aujourd'hui ? Les vicissitudes de la vie…

Accusons la vie, elle ne se défendra pas. Life is a bitch, *mais au moins elle se tait, elle. (Oh… tu ne vas tout de même pas reprocher à la douce, à la gentille Anna son babil – n'est-ce pas cela qui t'enchantait le plus en elle, autrefois – ce gazouillement incessant – quand elle n'avait rien à dire, elle chantonnait… Oui, ce qui enchante les premiers jours, les premiers mois, peut parfaitement devenir une raison d'assassiner, dix ans plus tard…)*

Le voici immigré dans un monde dont il ne connaît pas (tous) les codes, ou alors très vaguement, un monde dont il lui faut chaque jour découvrir certains codes – misère ! ce coup de coude discret d'Anna, ce coup de coude dans les côtes…

Il se tâte les côtes, là, rue du Transvaal, il a l'impression de sentir encore le coup, plusieurs mois après l'incident. Toujours intact aux yeux du monde / Il sent croître et pleurer tout bas / Sa blessure fine et profonde / Il est brisé, n'y touchez pas.

… ce soir où il avait plongé avec entrain sa cuillère dans le bol de soupe, ce soir où ses parents à elle étaient en visite – eh, il fallait attendre la petite prière rendant grâces à Dieu pour la nourriture disposée sur la table – son père (à elle) n'était-il pas pasteur de l'Église réformée des Pays-Bas ? N'avait-il pas accepté, ce père sévère (mais pas trop), barbu comme Jéhovah (mais pas trop), amateur de Bach (sans modération)…

Le long de cette ligne de fuite vers le néant, à cet instant même, dans l'une ou l'autre de ces maisons absolument identiques résonne peut-être une cantate de Bach... C'est ici, dans ce pays, dans cette ville, qu'il a découvert la Grande Consolation – s'il pouvait émerger de cette dislocation, reprendre son chemin, se traîner jusqu'au salon et glisser dans le lecteur de CD la Passion... *Mais de quelle passion s'agit-il ? (« Nous y voilà, il se prend pour Jésus. » Et c'est encore dans sa tête en ébullition que cette phrase trempée d'ironie s'est formée, très claire. Mais* qui *parle, à la fin ? Il se retourne brusquement – mais non, il est seul dans le crépuscule embaumé.) Reprenons. « Passion ». N'est-ce pas lui qui a pâti de cette grande translation qui l'a amené vers ces rivages ? N'est-ce pas lui le patient, dans ce dérèglement irraisonné ? Pourquoi l'homme s'éloigne-t-il de son foyer ? Pourquoi se fait-il* étranger *?*

… que sa fille épouse un étranger ?

Et elle, n'est-elle pas une étrangère ? Vis-à-vis du reste du monde ? Du vaste *monde ? Des espaces infinis ?*

Ne fallait-il pas lui en savoir gré ? Même si on pouvait lire toute cette histoire autrement, et le voir lui, l'étranger, comme le perdant de l'affaire ; et pour illustrer le tout, passer d'un Allemand l'autre, de Marx à Nietzsche :

N'est-ce pas lui qui un jour, à Turin, se disloqua comme ici je me décompose ? Il s'effondre... il croise une voiture dont le cocher fouette violemment le cheval... enlace son encolure et éclate en sanglots... Rien, ici, rue du Transvaal, ne trahit une présence animale – sauf moi, tigre, porc-épic, bonobo, qui redevient animal à mesure que tout perd sa signification – peut-être un chat va-t-il apparaître – les chats, l'autre consolation – et je le prendrais sous mon aile, l'aile de l'animal que donc je suis, j'interdirais à quiconque de l'approcher... Oui, je serais assez fou pour pleurer auprès d'un animal. Mon semblable, mon frère.

« Tel s'en fut comme un héros en quête de victoires et n'eut finalement pour tout butin qu'un petit mensonge bien attifé : c'est ce qu'il nomme son mariage. » Mensonge bien attifé (si doux, si gentil) qui venait de lui bourrer les côtes… Reposant précipitamment la cuillère à côté du bol, il avait joint ses mains (lui qui n'avait jamais fait cela, dans son pays, qui jamais n'avait prié, ni même n'était entré dans une mosquée)…

... trop tard, maintenant : Les jeux sont faits. *Il n'entrerait plus, nulle part. Entre ici, avec ton cortège de métèques, de main-d'œuvre immigrée... Tiens, je suis un immigré. Une bonne guerre, une bonne Occupation, et je pourrais choisir l'ignominie, ou l'indifférence, ou l'héroïsme – et alors, je finirais sur une affiche rouge, et je ferais peur aux passants, parce qu'à prononcer mon nom est difficile...*

... et incliné la tête – on n'attendait pas de lui qu'il fît la petite prière (comment disait-on ? « action de grâce » ?) mais au moins qu'il donnât l'impression de se recueillir avec eux, qu'il fût un peu de leur monde) –, un monde où tout serait *étranger* ?

Il s'appuya de tout son corps contre un arbre dont il n'aurait su dire le nom – mais les arbres ont-il des noms ? Il ferma les yeux. Sa chemise lui collait au corps, il baignait dans une sueur froide qui le faisait frissonner. Il ferma les yeux et vit se dérouler le reste du Temps, sans lui, sans l'homme qui s'était abstrait d'un monde où tout était devenu étranger. Il vit l'extrait du journal du lendemain, quelques lignes qui lui donnaient des nouvelles de lui-même : *Drame dans la rue du Transvaal. Maati S. s'est pendu hier soir. Épouse éplorée, voisins abasourdis (« un homme si tranquille, si courtois, etc. »)*

Non. Dans la lutte féroce que le monde te livre,

ne prends jamais le parti du monde. Il sortit un mouchoir de sa poche et s'épongea le visage. Puis il ramassa son cartable et se tourna lentement jusqu'à faire face… jusqu'à se trouver exactement dans l'axe de la rue où il habitait depuis des années maintenant, avec sa femme Anna. *Je suis Maati S., ingénieur, employé à la mairie d'Utrecht, échelle 11, à temps plein, 38 heures par semaine. Je viens d'éprouver un sentiment qui me noie, régulièrement, à date fixe. (Peut-être la lune a-t-elle quelque chose à voir avec cela.) Je le nomme, faute de mieux, « dislocation ». Comment dire… Le faucon reste sourd, on ne sait pourquoi, aux appels du fauconnier. Il tourne et il tourne et il tourne dans un ciel dément qui amplifie sa giration. Mille images de moi multiplient ma terreur. Zébrures, fulgurations, langues de feu… Tout s'effondre, il n'y a plus de centre, au milieu d'une nuit soudain tombée. Il n'y a plus de raison. Il n'y a plus rien. Qui dit quoi ? Qui dit ? Rien. Rien. Puis, c'est incompréhensible, c'est une sorte de point du jour, c'est une petite note de clarinette qui vient de loin, un roulement de tambour, insistant, entêtant, et la dislocation s'estompe. Ces quelques bruits annoncent un geste, un geste que fera ma femme, tout à l'heure, un geste très banal mais qui a toute l'importance que je ne saurais donner au monde. C'est très curieux, le monde coagule, je refais surface. Je peux même reprendre ma marche. Il suffit de mettre un pas devant l'autre.* Allons ! À sa grande surprise, sa jambe gauche obéit. C'est un automate épuisé qui marche, le cartable à la main, en direction de sa maison. C'est une main tremblante qui se dresse vers le bouton de la sonnette, un doigt hésitant qui l'effleure. Des bruits de pas… Qui vive ? Est-ce toi, Anna ?

— Mon pauvre Maati, tu as l'air épuisé.

Le voici assis sur le sofa (effondré, plutôt), il ne sait comment il a échoué là, il vient pourtant tout juste de sonner à la porte. Elle se penche en chantonnant, s'agenouille, lui enlève avec précaution les souliers qui lui martyrisent les pieds. Il ferme les yeux et se laisse glisser un peu plus sur le sofa. Il éprouve des sentiments qu'il ne peut définir. Soulagement ? Gratitude ? Affection ? Amour ? Cette jeune femme qui lui enlève avec précaution ses souliers, en chantonnant…

C'est pour ce geste, se dit-il, étonné, que je vis.

Né nulle part

Dans un café de P*, capitale de la F*, un jeune Marocain, m'ayant civilement abordé (« Vous êtes bien Machin, le gazetier ? »), m'affirme de manière véhémente que je dois entendre *son* histoire – il semble n'en avoir qu'une, comme beaucoup de gens.

Ma première réaction est de fuir.

Mais : analysons la situation. Octobre. Samedi. Début de soirée. Le ciel bas et lourd, au-dehors, pèse comme un couvercle / et décourage les promenades. Alors : autant rester bien au chaud, dans ce troquet, en face de l'église S* G* des P* – à ouïr ce que le jeune homme a à dire. À des années-lumière du *Café de l'Univers* (comme c'est loin, tout ça…), à des lieues d'autres lieux, X (c'est son nom) me narre ceci :

— Il y a quelques mois, voulant faire établir mon passeport pour venir étudier en France, j'ai dû remettre aux autorités concernées, à Rabat, un extrait d'acte de naissance, que j'avais moi-même reçu du *moqaddem* du coin, contre un beau billet tout neuf de dix dirhams. Ledit extrait, une fois entre mes mains, je l'ai transmis, sans même y jeter un coup d'œil, aux services de la préfecture – ce sont eux, ce sont elles, les fameuses « autorités concernées ».

— Sans même y jeter un coup d'œil, dites-vous ?

— Sans.

— Alors, mon cher ami, on peut déjà vous prédire les pires catastrophes. Il faut toujours *tout* lire, quand on a affaire à l'administration. Au mot près, à la virgule. Et même entre les lignes.

— Peut-être. Mais moi, je n'ai prêté aucune attention aux informations que portait le document parce que je croyais (naïvement) que ces informations, je les connaissais déjà.

Un temps.

— Je sais quand même qui je suis, non ?

Ceci fut proféré sur un ton de défi, la mèche de cheveux en bataille, l'œil sombre. Moi, prudemment :

— On dit ça, et puis un jour…

Il me coupa la parole, véhément :

— Eh bien, non ! Grossière erreur ! On ne sait pas qui on est, monsieur ! On ne sait rien, monsieur, quoi qu'en puissent dire Aristote et toute la philosophie ! Quand je reçus ma carte d'identité, je vis avec stupéfaction qu'après « lieu de naissance » venait l'indication : « Khzazna », alors que je croyais me souvenir – vaguement – être né à Rabat.

— Vous vous *souvenez* de votre lieu de naissance ? Vous êtes précoce.

Il haussa les épaules.

— Je veux dire que j'ai toujours plus ou moins su que j'étais né à Rabat. D'où sortait donc cette étrange Khzazna ? Ce n'était pas une série de fautes de frappe, les lettres de « Rabat » et de « Khzazna » n'étant pas proches sur le clavier. J'ai vérifié – même un singe dactylographe, même un ivrogne cacochyme ne pourrait obtenir « Khzazna » en voulant taper « Rabat ». Ou alors, il faudrait que ça parte dans tous les sens…

Il se pencha vers moi, le doigt levé.

– J'ai calculé la probabilité d'obtenir « Khzazna » en essayant de taper « Rabat » : une chance sur cent mille milliards. À l'échelle humaine, monsieur, c'est une *impossibilité !*

— Excellemment dit.

— Tout cela était bizarre. Sur le moment, je ne pus rien faire, occupé comme je l'étais par mon départ pour la France, lequel constitue, comme vous le savez, un véritable parcours du combattant, avec ses préinscriptions, ses inscriptions, ses mille certificats… Mais je restai intrigué par cette histoire.

— Pourquoi ne pas l'oublier ?

— Oublier ? Cela tourna bientôt à l'obsession !

Ayant résolu mille problèmes en rapport avec mon installation en France, j'abordai une période plus calme de ma vie ; et pour tout dire, plus heureuse. Nous sommes quand même dans l'une des belles villes du monde ?

— Mmm.

— L'une des plus intéressantes ?

— Hrmblmmmn.

— Mais : tous mes petits camarades, à la Cité internationale où j'avais posé ma valise, tous mes petits camarades étaient nés dans des endroits prestigieux, comme Fès ou Rabat ou Marrakech, ou au moins dignes d'intérêt, comme Azrou ou Azemmour. Mais Khzazna ? *Quès aco ?* Je rasais les murs, ployant sous le poids de mon secret honteux. Et si on allait me demander où j'avais vu le jour ? Allais-je pouvoir mentir ?

Un serveur se matérialisa au-dessus de notre table, en noir et blanc, hautain, qui nous enjoignit de commander quelque chose (« ou alors, disparaissez », semblait dire sa lippe). Nous prîmes deux cafés et il s'en alla, plein de dédain. Le jeune homme reprit le fil de son histoire.

— Parfois, c'était l'inverse, j'étais pris d'une bouffée d'exaltation et je me voyais duc ou au moins marquis, seigneur d'une terre peut-être gorgée d'histoire, et j'étais « de Khzazna » comme d'autres sont « de La Rochefoucauld ». Mais l'exaltation retombait vite et je croupissais de nouveau dans l'affre de ne pas savoir qui j'étais, n'étant né nulle part. Il fallait en avoir le cœur net ! Après une recherche digne des meilleurs explorateurs, menée au Centre Pompidou et à la BN de la rue Richelieu, après avoir épuisé mainte carte routière, j'ai réussi à localiser cet endroit où j'étais né, du moins aux yeux de la loi. Le Guide bleu d'avant-guerre, déniché chez un bouquiniste, était catégorique : Khzazna existait bel et bien !

— Voilà qui a dû vous rassurer.

— C'était un point sur une carte !

— C'est mieux que rien.

— Mmmmouais. Un Guide bleu datant du Protectorat, autant dire de la Préhistoire… Alors, il y a quelques mois, à l'occasion des vacances d'été, et étant rentré au Maroc, je voulus en avoir le cœur net. Sans rien dire à personne, j'ai pris l'autobus à Rabat et j'y suis allé voir. J'ai vu. En fait, Khzazna ne correspond à aucune ville, ni à un village, ni à un hameau.

— Une ruine, alors ? Un rêve de poète ? Au moins un puits ?

— Non. C'est une belle contrée à quatre-vingts kilomètres à l'est de Rabat, une campagne fort sympathique où le temps s'est arrêté il y a très longtemps – à l'époque du Guide bleu peut-être. Elle grouille de vaches, de moutons, de poules et de lapins.

— Jusque-là, rien d'extraordinaire.

— Rien d'extraordinaire, certes ; mais quelle n'a été ma surprise en apprenant, ayant abordé un gnome local et lui ayant posé quelques questions, qu'il n'y avait pas l'ombre d'un hôpital ni d'une maternité dans ce lieu-dit. Tout juste y a-t-il un dispensaire dans le petit village d'à côté, construit il y a deux ans. Je suis quand même plus vieux que ça.

Il se recula sur sa chaise. Son front était soucieux.

— La question que vous devez vous poser maintenant et que je me suis posée longtemps avant vous est la suivante : où suis-je né exactement ? Entre deux arbres ? Sur un monticule ? Là, près du ruisseau ?

— Dans une grange, comme Jésus ?

— Il n'y avait pas la moindre grange dans le coin. (Vous permettez ? C'est mon histoire.) De retour à la maison, en proie à une grande angoisse…

— … existentielle…

— … je me suis précipité dans la cuisine et j'ai sommé ma mère d'éclairer ma lanterne. Elle pétrissait je ne sais quoi, dans la pénombre. Elle ne cessa point de pétrir. Une bonne minute passa sans que rien ne se passât. Puis elle me répondit sans s'émouvoir que j'étais né à la maternité de Rabat, comme tout le monde…

— … mais…

— … mais que mon grand-père maternel avait supplié mes parents d'inscrire le mot « Khzazna » sur le carnet de famille, dans la case idoine.

— C'est toujours le grand-père qui a fait le coup.

— Certes, mais pourquoi ? Pourquoi ? Je vous le donne en mille.

— Je donne sans tarder ma langue au chat.

Le serveur apparut et déposa sur notre table, d'un geste brusque, deux tasses de café (choquées, elle tintinnabulèrent) ; puis s'en alla, plein de morgue. Le jeune homme se pencha de nouveau vers moi, comme s'il allait me révéler le troisième secret de Fatima.

— Tout simplement parce qu'il avait l'habitude, à l'époque, de se présenter aux élections communales dans la circonscription de Khzazna ! Des élections qu'il gagnait parfois, mais avec une toute petite avance : une voix, une seule, pouvait faire la différence.

Pour le coup, j'entrai vraiment dans la discussion, la voix vibrante d'incrédulité (80 %) et d'indignation (20 %).

— Vous voulez me faire croire que dans cette contrée où il n'y a, selon vous, que des vaches, des moutons, des poules et des lapins, on vote, on élit des représentants du peuple dans de vraies assemblées ? On y trouve des députés ? Des édiles ? Des échevins peut-être ?

Il but une petite gorgée de café puis abattit son poing sur la table (des ! à foison s'ensuivirent).

— Tout à fait, monsieur ! On y trouve tout cela

et peut-être même autre chose ! Moquez-vous tant que vous voulez !

— Mais... pourquoi ?

— Les premiers gouvernements d'après l'Indépendance l'avaient voulu ainsi, probablement pour équilibrer le poids de Rabat, ce nid de gauchistes qui votait comme un seul homme pour Abdallah Ibrahim et ses amis. Comme je viens de vous le dire, il y avait si peu de votants à Khzazna qu'une seule voix pouvait faire la différence. Pour mon grand-père, je représentais donc non pas son petit-fils fraîchement débarqué sur terre (you-you-you ! ululaient les femmes), mais un électeur potentiel qui voterait pour lui à sa majorité, *vingt et un ans plus tard*.

J'en restai saisi.

— Vingt et un ans plus tard ?

— Parfaitement !

— Et on dit que les Marocains ne savent pas planifier à long terme ?

— Belle ânerie !

— Qu'ils ne vivent que dans l'instant ?

— Sottise !

Émus, nous nous regardâmes jusqu'au tréfonds, fiers de faire partie d'un peuple si soucieux de l'avenir, et nous commandâmes un jus de grenadine pour le boire à la santé des plans triennaux, et même des quinquennaux.

Le serveur nous demanda insolemment si nous

avions *vraiment* l'intention de siroter de la grenadine après avoir bu du café. Il semblait impliquer que nous péchions ainsi contre l'esprit des lieux, contre l'us p*sien, contre toutes les traditions. Nous l'envoyâmes bouler, ce qu'il fit d'un pas majestueux.

Cependant, le jeune homme était soucieux. Il reprit, sur un ton mélancolique :

— Cette histoire m'a plongé dans un état proche de la dépression nerveuse. (Si ! Si !) Apprendre d'abord qu'on n'est pas ce qu'on a toujours cru être, c'est-à-dire un R'bati ; s'accoutumer à sa nouvelle identité de citoyen de Khzazna ; puis découvrir que cette identité-là, qu'on avait fini par accepter, est elle-même une fiction ; et que cette fiction est une manipulation politique ourdie dans sa propre famille…

— On n'est jamais trahi que par les siens.

Il sauça d'un doigt distrait le fond de grenadine qui se morfondait dans son verre ; puis il suça le doigt, l'air de plus en plus abattu.

— Eh bien, je n'étais pas au bout de mes tracas. Le soir même, alors que je confiais à mon oncle Brahim la découverte de mon état précaire d'apatride, que me répondit mon oncle ? Des paroles réconfortantes, un *hadith* idoine, des encouragements ? Pas du tout ! Il m'enfonça davantage dans le désarroi en me révélant un fait encore plus bizarre et qui me concernait également.

Il couina :

— Mon propre oncle !

— La famille, j'vous jure... Mais que vous a-t-il dit au juste ?

— Ceci : « Mon cher neveu, non seulement tu n'es né nulle part mais, d'une certaine façon, tu n'es même jamais né. » Tel que !

— Permettez que je note cette phrase dans mon calepin.

— « Mon cher neveu, non seulement tu n'es né nulle part mais, d'une certaine façon, tu n'es jamais né. » Et de me narrer un détail que tout le monde avait oublié – sauf lui.

— Les oncles, ça n'oublie rien.

— Il faut savoir que je suis né (si on peut appeler ça naître) vers la fin du mois de décembre 1973. Mon père se convoqua en concile et se dit ce qui se suit : « Mon cher Abdelmoula – vous ai-je dit que mon père s'appelait Abdelmoula ? –, si tu déclares aujourd'hui ou même demain la naissance de ton fils, celui-ci traînera toute sa vie une année réduite à quelques jours. On croira qu'il a huit ans, par exemple, quand en fait il n'aura que sept ans et cinq jours. Autant attendre le début de l'année suivante et ensuite seulement aller déranger l'officier d'état civil. »

— Ça se conçoit.

— Pendant près d'une semaine, et alors que je gigotais, innocent, dans mes langes, il ne se passa rien. Je veux dire *officiellement*. Dans la pratique, la famille égorgea sans doute quelque bélier, ou au moins un coq, et offrit des plats de couscous aux pauvres, près de la mosquée ; mais je n'existais pas encore sur le papier. Dans les langes, oui ; sur le papier, non. Puis, vers le 2 ou le 3 janvier, mon père alla triomphalement annoncer aux autorités ma naissance. Les autorités, qui ont l'habitude – les imbéciles – de croire sur parole les citoyens, notèrent donc qu'un certain X*, fils de Abdelmoula Y*, était né à Khzazna le 2 janvier 1974.

— Faux lieu de naissance, fausse année ! Bravo ! Il ne vous manque rien.

— La révélation avunculaire m'assomma. Je sortis dans la nuit en titubant et allai errer dans les ruelles de Rabat. Il faisait un temps splendide…

— Laissons cela.

— La question que je me posai, cette nuit-là, en titubant dans les rues, hagard, la question que je me pose toujours, est : *suis-je vraiment moi-même si je suis né ailleurs et l'an d'avant* ?

— Colossale énigme !

Nous reprîmes un jus de fruits pour mieux méditer sur les incertitudes de la vie. Le jeune homme semblait s'être calmé, comme s'il avait vidé son cœur des rancœurs passées, comme si la confidence faite à Machin l'avait apaisé.

Il jeta un coup d'œil sur le parvis de l'église S* G* des P*. Un car de tourisme venait de déverser quelques dizaines de touristes nippons qui s'exclamaient en silence. Un Comorien vendait des marrons chauds pendant que deux Tamouls semblaient le surveiller du coin de l'œil. Un clochard, assis sur les marches de l'église, tendait une sébile en direction des fidèles qui entraient dans la maison de Dieu.

Mon compagnon d'un soir reprit la parole.

— Quelle ville superbe, quand même ! Je crois bien que je vais finir par devenir citoyen de P*. Ça prendra le temps que ça prendra. Au moins, ça, c'est une identité.

Il se leva et prit congé, tout aussi civilement qu'il m'avait abordé, après avoir jeté un billet de banque froissé sur la table. Je restai seul sur ma banquette.

Pas pour longtemps : le fameux Samir J*, qui passait par là, m'aperçut à travers la vitre, entra dans le café et vint se joindre à moi, dans l'espoir que j'allais lui payer un verre.

Après avoir passé commande, je m'empressai de lui raconter l'histoire que je venais d'entendre. J* réfléchit un peu puis il s'écria en tapant du poing sur la table, comme l'avait fait avant lui le citoyen de Khzazna :

— Cette histoire prouve ce que j'ai toujours subodoré. Les problèmes d'identité, ça n'existe pas. C'est nous-mêmes qui les fabriquons ! « Qui suis-je ? Où vais-je ? À quoi sers-je ? »

— « Dans quel état j'erre ? »

— Questions oiseuses ! Ce jeune homme ne se rend pas compte à quel point il a de la chance. C'est facile de se dire : ouh là là, je ne suis né nulle part, à pas d'heure, bouh hou hou, qu'est-ce que je suis malheureux !

Il avala une gorgée de bière et continua.

— Mais le pire, c'est de savoir précisément où on est né, et quand, à la seconde près ; et malgré cela avoir un *doute*. Un doute basé sur la certitude, c'est ça le pire !

— « Un doute basé sur la certitude ». Je n'y comprends rien mais ça me paraît tout à fait plausible. Permets que je note dans mon calepin.

— Moi, je suis né à Paris, à Baudelocque. S'il le fallait, je pourrais retrouver la salle, le lit, l'endroit exact, la tache dans le plafond. Quant au jour, on le connaît parfaitement. À l'heure près, au mètre près, tout est connu, archivé, fixé pour les siècles à venir. Et alors ?

Il approcha son visage du mien, les dents serrées.

— Eh bien, je ne sais pas plus qui je suis que ce gandin de Kaza Naza !

— Khzazna.

— Mais au moins, lui, il peut imaginer qu'une identité est *possible*. Il peut croire que si on rectifiait quelque chose, deux ou trois broutilles administratives, un chiffre, un nom, tout rentrerait dans l'ordre. S'il était vraiment né là où l'état civil le dit, le jour où l'état civil le dit, alors il n'aurait aucun problème. Donc il peut croire que, potentiellement, il n'a pas de problème ! Donc, *au fond*, il n'a pas de problème !

— Bravo ! Je n'ai rien compris.

J* hurla (c'est un tic, chez lui) :

— Pourtant, c'est simple, ce que je dis : les problèmes d'identité, tout le monde en a ! Mais ils sont bien plus profonds qu'on ne le croit !

— Mais tout à l'heure, tu braillais le contraire : « Les problèmes d'identité, ça n'existe pas ! »

— C'est la même chose !

— Tu te contredis.

— Jamais ! Et de toute façon, je m'en fous !

Je m'écriai encore plus fort :

— Tout à fait d'accord, vieux brigand !

C'est alors qu'une jeune femme brunalunettes que j'avais croisée deux ou trois fois à la Cité internationale s'approcha de nous. Elle nous apostropha.

— Messieurs, vous faites du bruit, constata-t-elle. Vous vous faites remarquer. Les têtes se tournent et les *tsss tsss* résonnent dans les visons. Et comme vous mélangez le français et le marocain, vous faites honte au Maroc tout entier. Et à moi, par conséquent. Car je suis marocaine…

Elle s'empara d'une chaise et s'assit à côté de nous.

— … bien que née au Vietnam d'un père russe. D'ailleurs, suis-je vraiment une femme ?

Ce fut à ce moment précis que nous nous levâmes d'un bond, Samir J* et moi, et disparûmes épouvantés dans la nuit p*ienne.

Nous courons toujours, à c't'heure, fuyant la marée immense des problèmes d'identité qui semblent vouloir submerger le monde et ses inhabitants, et dont nous soupçonnons fortement, tout en galopant, qu'ils ne sont pas plus réels, ces problèmes, que celui du citoyen nénatif de Khzazna.

Khouribga ou les lois de l'univers

— Un jour, nous confia Ali…

— Attends, on va d'abord passer commande.

(Qu'est-ce que tu prends ? J'sais pas… Et toi ?, *etc.*)

Cinq minutes plus tard :

— Un jour, nous confia Ali…

— … *ou plutôt uuuuune nuit*, chantonna Hamid.

— Mais arrête, laisse-le parler !

— Misère, si on ne peut plus fredonner…

— Oui mais attends, tu ne fredonnes pas innocemment, c'est rien que pour l'embêter.

— Moi ? Tu me traites de provocateur ?, *etc.*

Cinq minutes plus tard :

— C'était l'an dernier, je faisais des piges pour *La Tribune de Casablanca* – il faut bien payer ses études…

— Ouais mais attends, tu devais être pistonné. On ne devient pas comme ça pigiste de *La Tribune*.

— Moi, pistonné ? Tu me traites de bourgeois ?, *etc.*

Cinq minutes plus tard :

— Un jour, et c'est là où je voulais en venir, un jour, je me suis retrouvé à Khouribga, à la recherche (tenez-vous bien) des « hommes qui comptent ». Bizarre, non ? (Notez aussi que je parle des hommes, pas des femmes – on n'envoie pas le pigiste à la recherche des égéries ou des muses…

— Ça serait pas mal, comme titre de film : *Pas d'égérie pour le pigiste.*

— … ni non plus des kolkhoziennes de choc, encore moins des Cléopâtre ou des Kahina, comme si ces gueuses n'avaient pas d'équivalent dans l'Empire chérifien sous Hassan II. Mais bon.) Vous me dites : *essplique.* Eh bien, ç'avait été une lubie soudaine du directeur de *La Tribune.* Les pouces passés dans les trous de son gilet (il n'avait pas les moyens de se payer des *entournures*, vous connaissez la pauvreté de nos gazettes), donc les doigts dans les trous, une Casa sport mal allumée pendant à sa lippe dédaigneuse, les bésicles sur le front (genre « patron de presse »), il m'avait lancé, à l'aube : « Vous m'ferez un papier sur *les hommes qui comptent…* » – toux intempestive – « … à Khouribga. » Je n'avais pas osé lui demander ce qu'il entendait par là. (Un pigiste, ça se tait ou ça s'en va.) Je ne m'étais pas davantage inquiété de l'étrangeté de cette enquête : pourquoi diable *La Tribune de Casablanca* s'intéressait-elle à ce qui se passait à quelques centaines de kilomètres à l'est, en altitude, sur ce plateau aride où ne poussent que l'alfa et les ennuis ? Moi, j'suis pigiste, je ne rentre pas dans ces considérations. Je m'étais donc *illico* rué sur la gare routière, j'avais arraisonné un car datant d'avant l'Déluge – genre qui ne tient que par la peinture, un boulon et des prières – et, après un périple dont mieux vaut que vous n'en sachiez rien (on m'a même vomi dessus, un bébé), j'avais débarqué vers midi à Khouribga, bourgade poussiéreuse…

— … et qui entend bien le rester…

— … où un mien cousin rôdait autour de l'Office des bitumes du Tadla depuis des mois. J'eus vite fait de lui tomber su'l'paletot, vu qu'il passait toutes ses journées dans un café, espérant une embauche qui ne venait pas, qui ne viendrait jamais, mais qui lui permettait de vivre dans l'espérance. Embrassades émues, tapes dans le dos, ça va, mon frère, *hamdoullah*, et ta mère, *hamdoullah*, et ta sœur, *hamdoullah*, ça va, ça va, grâce à Dieu, et la petit Narjis, ça pousse, *hamdoullah*, et le vieux Allal, Dieu ait son âme, ah bon ? *ma cha'llah* et le voisin Untel, on l'a pendu, et le chat, *etc*. Cinq minutes se sont écoulées quand je me souviens fort à propos de l'objet de mon expédition.

« Hamou…, lui-dis-je.

— Il s'appelait Hamou ?

Ali ignore la sotte interruption.

— « Hamou, lui dis-je, je cherche *les hommes qui comptent* dans cette ville ! » Il hoche la tête, se verse un verre de thé, sirote le breuvage brûlant, le sourcil froncé, l'œil mi-clos, perdu dans des pensées profondes comme le lac de la petite Martine (vous vous souvenez, au lycée ?), des pensées si profondes qu'on peut craindre qu'il n'en revienne jamais, égaré dans le monde des Idées (vous vous souvenez, le cours de philo ?). Puis il s'ébroue…

— Ça veut dire quoi, « il s'ébroue » ?

— … il s'ébroue comme un cheval et frappe du plat de la main sur la table, l'air mâle et résolu. « Ali, m'assène-t-il, je les connais *tous !* »

Sensation autour de la table.

— Heureux temps où l'on pouvait connaître tous les hommes qui comptent à Khouribga !

— Aujourd'hui, la population a explosé dans tous les sens. On en retrouve en Italie !

— On ne connaît pas son voisin, monsieur !

— On ne sait même plus où on habite !

Nous nous tûmes enfin et considérâmes d'un œil ému l'ami qui nous racontait avec tant de détails cette inouïe aventure. Pendant l'explosion de commentaires qui venait d'interrompre sa narration, il s'était mis à ronger son frein, métaphoriquement parlant, tout en caressant le chat ; lequel chat lui soumettait son derrière, selon l'us des félins, tout en ronronnant paisiblement. Le silence qui venait de s'abattre sur *l'Univers* invita Ali à reprendre son exposé.

— Donc Hamou m'en signale plusieurs, des hommes qui comptent ; il pousse même l'obligeance à me les présenter classés par catégorie – il est méthodique, mon cousin, comme tous les Soussis. Je note *in petto* ce qu'il me dévoile, le remercie, règle l'addition (un thé languissant, un café insoluble) et me plante sur le trottoir. Vous ai-je précisé qu'il faisait chaud ? On se croirait, comme dit le poète, « sous les torrents d'un soleil tropical ».

— Quel poète ?

— Mais on s'en fiche, c'est juste une expression. Donc, le soleil tropical « qui répand sa chaleur sur nos guérets ». Que faire ? comme disait le vieux Vladimir. Commençons par les entrepreneurs, me réponds-je en consultant mentalement ma liste, y a peut-être un déjeuner à gagner. Je débute donc ma tournée par Tijani, *businessman* en vue, propriétaire d'une Bentley d'occasion rachetée à une vieille folle tangéroise. Je soudoie le *chaouch* qui monte la garde à l'entrée de l'immeuble, il détourne opportunément le regard vers la route qui poudroie pendant que je monte un raide escalier ; me voilà à parlementer avec une secrétaire affolée dans une espèce d'antichambre – ma parole, on dirait qu'elle n'a jamais vu un journaliste, cette donzelle, encore moins un pigiste – à la limite, elle n'a jamais vu d'homme, tant elle bâille, bouche bée – je tente de l'éblouir en lui montrant ma fausse carte de presse mais sait-elle seulement lire ? Bon, elle finit par comprendre que je n'en veux pas à sa virginité, ni à son porte-monnaie, elle file grattouiller à une porte, y passe la tête, pépie… Bref, Tijani me reçoit dans un bureau flambant neuf, minimaliste, dans les tons gris anthracite avec, dans un coin, une plante verte qui semble monter la garde. Tijani a fait son lycée à Casablanca, une vague école d'ingénieurs en France puis a obtenu un MBA dans une université américaine – sans trop se fatiguer d'ailleurs : j'apprendrai plus tard qu'il est hypermnésique et totalement idiot. Il est rentré au pays, on se demande bien pourquoi, pour faire plaisir à sa mère peut-être, ou alors il avait fait des bêtises dans les US (on le calomniera une autre fois), donc il est rentré au pays et y a créé son entreprise, baptisée *Tijani and Co.*, ce qui ressemble d'ailleurs à une vanterie car il est seul dans son bureau, avec la plante verte et la secrétaire aux abois : M. *Co.* brille surtout par son absence. Quoi qu'il en soit, je congratule Tijani sur sa réussite. Bravo ! Il me montre, pas peu fier d'eux, des plans, des courbes, des schémas, des hyperboles et même une parabole – puis me propose, pour les besoins de mon article, de rencontrer son DF, son DRH ou même son XYZ (tous bonshommes que je soupçonne de n'exister que dans sa tête car je n'ai vu personne dans les couloirs de *Tijani and Co.*, à part, faut-il le rappeler, sa secrétaire épouvantée et sa plante altière comme un hidalgo). Je soupçonne le mythomane, voire l'escroc de haute volée, mais il fait trop chaud pour tirer l'affaire au clair ; et au fond, hein, du moment qu'il ne mange pas mon biscuit ni ne lutine ma femme, que me chaut que Tijani soit un homme d'affaires ou un écornifleur ? J'ai juste le temps de lui poser une question : « Dis-moi, Tijani… »

— Tu le tutoyais ?

— À l'époque, on se tutoyait tous.

— Qui ça, « on » ?

— Tous ceux qui savaient lire et écrire. Et qui s'exprimaient en marocain.

— Tu te fous de nous, *etc.*

Cinq minutes plus tard :

— Je lui demande donc : « Dis-moi, Tijani, comment tu fais pour suivre les évolutions de la demande, les besoins des consommateurs, les prévisions, tout ça ? » Il écarquille les yeux. « Ou bien c'est ton DF qui s'en occupe ? Ou peut-être ton XYZ ? » Il écarquille les yeux. « À moins qu'il n'y ait ici une feuille confidentielle qui surveille le marché ? » Il écarquille les yeux. « Mais je vais voir Bouazza, bien sûr ! » s'écrie-t-il. « Nom de Dieu ! » Il ne peut m'en dire plus, il doit s'éclipser pour un important déjeuner d'affaires – auquel il oublie de m'inviter, le sagouin. Me voici sur le trottoir, sur lequel le soleil dégouline des hauteurs du ciel bleu. *Qué calor !* comme disent les Colombiens. On se croirait dans un *hammam* à l'heure de pointe. Je m'essuie le front avec la manche de ma chemise. Mon prochain rendez-vous est avec le gouverneur, Si Ahmed, un de ces technocrates brillants récemment nommés par le roi à la tête des villes importantes. Je vais à pied à la préfecture : c'est au bout de l'avenue. Le *chaouch* qui monte la garde devant l'imposante bâtisse commence par me chasser comme un malpropre, du moins est-ce son intention, la fourche levée, l'œil assassin, quand il comprend que je prétends, moi, simple citoyen, monter voir le gouverneur ; mais halte-là ! je brandis prestement ma fausse carte de presse, où les couleurs du drapeau national s'étalent, comminatoires, et me fais passer pour un envoyé spécial de Basri – tant qu'à mentir. Vous vous souvenez de Driss Basri, qui était ministre de l'Intérieur à l'époque ? Ouh là… Le seul énoncé de son nom faisait les hommes se pisser parmi ; la seule perception de son visage, au loin, faisait les femmes s'évanouir de peur ; et les *chaouch* tombaient comme des mouches quand ses émissaires se présentaient au pont-levis.

Nous interrompons Ali.

— On a tous connu cette époque. Les jeunes ne veulent pas nous croire, aujourd'hui. Ils minimisent, les petits salopiauds ; allons, allons, disent-ils, l'était pas si terrible, *votre* Basri.

— *Notre* Basri ? Ah, les chiens !

Ali commence à s'énerver.

— Je peux continuer ?

— Fais, fais.

— Donc le *chaouch*, avant d'expirer d'effroi, m'ouvre l'huis et me voici / me voilà dans le bureau de Si Ahmed. L'Excellence, qui ne déteste pas qu'on parle de lui, reçoit le journaleux, même pigiste – mais qu'en sait-il ? –, avec amabilité. Il est accueillant, certes, courtois même ; mais c'est aussi un visionnaire volubile qui déploie, à ma stupéfaction, des cartes en relief, on dirait Vauban, sur une grande table de réunion. Ses mains volettent au-dessus : il m'indique ceci, montre cela, souligne, désigne, efface, construit, régénère. C'est le démiurge, ma parole ! Il me montre ensuite des photos aériennes prises par des drones de l'US Air Force, qui n'existaient peut-être même pas à l'époque ; il me parle de projets pharamineux, phantasmatiques, peut-être même pharaoniques, en tout cas, il y a un *ph* quelque part. Il s'échauffe, il transpire, s'évapore, de plus en plus éloquent. La mondialisation est un jeu pour lui, l'unité de compte le milliard de dollars, il a rencontré Bill Gates et giflé un Chinois. Je finis quand même par l'interrompre : « Si Ahmed, tout cela est bien beau, mais comment faites-vous… »

— Çui-là, tu l'tutoies pas ?

— Ouais, passconcause en français, pas en marocain.

— Bizarre, *etc.*

Cinq minutes plus tard :

— « Si Ahmed, tout cela est bien beau, mais comment faites-vous pour vous tenir au courant de ce qui se passe dans vot' *wilaya* ? Je veux dire, au niveau du citoyen de base ? Le pékin ? » Il écarquille les yeux. « Ou peut-être sont-ce les RG qui s'en occupent ? » Il écarquille les yeux. « Ou alors, vous vous baladez *incognito* dans votre ville, comme autrefois Haroun Arachide dans Bagdad ? » Le gouverneur lève les bras au ciel, consterné par mon ignorance. « Mais quoi, les RG ? Mais qué, Arachide ? Pour tout savoir, je consulte Bouazza, pardi ! »

— Encore Bouazza ?

— Tel que ! Je n'ai pas le temps de marquer mon étonnement, Si Ahmed se lève, déploie son mètre quatre-vingt-dix, me broie la dextre et s'excuse : il doit recevoir Darryl F. Zanuck pour le convaincre de transférer Hollywood à Khouribga – ou, au moins, d'en faire une succursale. Un taxi antique, genre qui tient par la vitesse acquise même quand il a perdu ses roues, m'emporte vitement vers la maison des Syndicats où je dois rencontrer le légendaire Kafouyi…

— Kafouyi *himself* ?

— … Kafouyi qui dirige d'une main de fer la fédération des syndicats locaux, Kafouyi qui fait trembler *Les Bitumes du Tadla* quand il se lève du pied gauche, quand il menace alors de déclencher…

— … la foudre, comme Zeus ?

— … la fameuse *grève générale* qui va mettre à bas le capitalisme mondial en commençant par Khouribga – ce n'est qu'un début, continuons le combat ! L'homme, que j'ai prévenu par téléphone de chez Si Ahmed, m'attend de pied ferme devant la bâtisse qui abrite *le Syndicat* – tremblez, patrons ! Poignée de main militante, bourrade virile, l'homme me reçoit comme si on avait pris ensemble le Palais d'Hiver. J'y vais de ma petite provocation…

— T'as osé provoquer le fameux Kafouyi, toi ?

— J'ai.

— Et t'as survivu ?

— J'ai.

— Ben, mon colon, *etc.*

Cinq minutes plus tard :

— Donc, je n'hésite pas à provoquer le bon vieux Kafouyi des smalas : « Monsieur le secrétaire général, vous êtes au pouvoir depuis le départ des Français, depuis la mort d'au moins trois papes, depuis le passage de la comète, c'est un peu long, n'est-il pas ? On murmure que vous vous êtes coupé des masses laborieuses, on susurre que la Maison des syndicats est comme le palais de la Belle au bois dormant – on clame que rien n'y a changé depuis l'année du Typhus. Alors (je m'éclaircis la voix) comment savez-vous quel est l'état d'esprit de vos adhérents ? » Il écarquille les yeux. « Comment décidez-vous quand il faut déclencher la grève et quand il faut l'arrêter ? » Il écarquille les yeux.

« Comment estimez-vous la combativité de vos troupes ? » Il fronce le sourcil, irrité par mon insolence : « Je sais très bien ce que pensent les ouvriers, monsieur, frémit-il. Il me suffit d'en parler avec Bouazza ! » Enfer et damnation ! Encore Bouazza ? *Who he ?* Le grand Kafouyi me met à la porte sans ménagement, comme un vulgaire réformiste, comme le dernier des mencheviks, et surtout sans me laisser le temps de lui demander qui est, à la fin des fins !, ce fameux Bouazza. Attendant un taxi improbable sur le trottoir, liquéfié par le soleil qui s'épand sur la ville comme une nappe de magma, je me fais la réflexion que c'est évidemment ce Bouazza que je devrais interviewer au lieu de perdre mon temps avec des seconds couteaux – fussent-ils PDG improbable, gouverneur mégalomane ou roi des syndicats. C'est lui qui est, sans aucun doute, « l'homme qui compte » à Khouribga, celui qui fait bouger les choses, un des *movers and shakers*, comme on dit en bon français. Mais avant de me mettre en chasse, j'ai besoin de me rafraîchir (il fait 40° C) et de me faire couper les cheveux. Je joue le sémaphore désespéré et une Peugeot rescapée de la bande à Bonnot s'arrête à ma hauteur. M'y engouffre. M'effondre. Le chauffeur de taxi me renseigne aimablement.

— Un bon coiffeur ? Mais vous n'avez pas le choix, il n'y a en a qu'un dans la ville. C'est Bouazza.

Consternation au *Café de l'Univers*.

— Quoi ? Un coiffeur ? Ah misère, la déception !

— On tombe de haut !

— On croyait au moins *L'Orchestre rouge*…

— … le comte de Saint-Germain…

— … un espion bionique…

— Je suis au comble de l'étonnement. Je dirais même : de la sidération. Le taxi me dépose devant l'échoppe du merlan. J'y entre, un peu inquiet, mais il n'y a vraiment pas de quoi. L'endroit ressemble à cent autres, le patron, ledit Bouazza, ne ressemble à rien. Falot, gris sur gris, moustache de mulot… Il me tend une main molle, je suis son premier client de l'après-midi, m'apprend-il ; et de me désigner d'autor' le siège sur lequel je dois me jucher. Coup d'œil circulaire : quelques pèlerins sont assis sur des chaises mais, à vue d'œil, ce ne sont pas des clients, plutôt des amis, des voisins, des curieux. Pas d'apprenti en vue, ni d'associé. Ce Bouazza me semble tout faire dans son antre, shampouineur, épouilleur, coiffeur pour dames, coiffeur pour hommes, coloriste si d'aventure, permanentiste pour la femme du dentiste polonais échoué là on ne sait comment ; Bouazza, c'est le figaro polyvalent – le genre, tu demandes n'importe quoi, il te répond : je peux !

— On en connaît, des comme ça.

— L'homme aux mains agiles commence à me

courir sur le haricot, du moins sont-ce ses doigts qui furètent dans ma chevelure, cherchant l'épi rebelle ; et moi, je l'entreprends sur le rôle central qu'il semble jouer dans la capitale des bitumes. Je n'y vais pas en traître, je joue cartes sur table : j'annonce Tijani, je coupe avec le gouverneur, j'abats Kafouyi. Lui, l'artiste capillaire, il opine, allant l'amble dans mes cheveux ; ne dit mot mais opine ; et quand j'ai eu fini, comme dit le prosateur, il reste un instant silencieux, contemplant son œuvre inversée dans le miroir : il m'a fait une sorte de tonsure de moine très à la mode, *alamoude*, prétend-il – disons, celle du temps des cathédrales – puis répond enfin à une question que je lui ai posée. C'est exact, me dit-il ; c'est exact : toutes ces personnalités sont ses clients.

— Et c'est vous, osé-je, qui les renseignez sur ce qui se passe dans leur bonne ville ?

Il s'essuie les mains sur un chiffon qui date de l'année de la Licorne. Les trois ou quatre péquenots assis le long du mur n'ont pas encore ouvert la bouche – on dirait une brochette d'abrutis attendant d'être dévorés par un géant. Puis il esquisse un vague sourire, disons un rictus *qui se croit* ; et enfin il murmure :

— Moi ? Mais j'en sais quoi, de ce qui se passe ici... Je ne quitte jamais cette échoppe que j'ai héritée de M. Ceccaldi, qui était coiffeur à l'époque des Français. J'étais son apprenti.

Et voilà que la brochette d'abrutis reprend en chœur :

— « Bouazza ne quitte jamais cette échoppe. Il l'a héritée de M. Ceccaldi, qui était coiffeur à l'époque des Français. Il était son apprenti. »

D'effroi, mon cœur manque une marche, ou peut-être de surprise. Qu'est-ce que c'est que ce cinéma – ou plutôt ce théâtre antique, avec chœur et coryphée ? Je me reprends, fourre quelques billets froissés dans la main de l'artisan, qui vérifie le montant d'un coup d'œil – *l'œil du maître* – puis les empoche sans mot dire. Je ne sais pourquoi, j'éprouve une forte envie de le gifler mais je me retiens, car ces événements me dépassent et je n'en vois pas la fin. Bon, c'est décidé, je quitte cette ville incompréhensible – après tout, mon article est écrit. Je cours, j'arrête sur la grand'route un vieux car Strindberg et je m'affale dans un siège défoncé. La route qui mène à Casablanca serpente sur le plateau qui brille de mille feux, *etc.* (je le décrirai une autre fois). J'ai le temps de réfléchir, entre deux cahots. Et c'est alors que je *comprends*.

— Tu comprends le cahot ?

— Non. Je comprends cette histoire de Bouazza le coiffeur, qui a l'air, comme ça, d'un crétin de l'Atlas ; qui en est très certainement un ; et un beau ; et pourtant, c'est dans son antre que s'atténuent les conflits, c'est dans ce lieu insignifiant, quasiment vide…

— Ça me rappelle le tao : *Les rayons de la roue convergent au moyeu. Ils convergent vers le vide. Et c'est grâce au vide que le char avance.*

— Ah ouais, ouais, y en a un autre : *Le vase est fait d'argile mais c'est le vide qui le fait vase...*

— Donc, je reprends : c'est dans ce lieu insignifiant, quasiment vide, que se négocie la marche du monde : entre les autorités, le vain peuple, Kafouyi, les hommes d'affaires, *etc*. La guerre, le chaos...

— Revoilà le cahot.

— Non, j'ai dit : le chaos, le *ka-osssss*.

— Excuses.

— La guerre, le chaos, le combat de tous contre un, ou même : *de tous contre tous*, tout ça, ça se règle chez le merlan. Chacun vient y déposer, comme ça, sans l'air d'y toucher, ses observations, ses exigences, ses remontrances, ses conditions, ses chiffres, ses statistiques. Le chœur – ces bouseux qui n'ont rien d'autre à faire, entre deux récoltes, que de peupler la caverne de Bouazza –, le chœur enregistre et en fait un refrain. Le gouverneur, l'homme d'affaires, le syndicaliste, le journaliste s'assoient tour à tour dans le fauteuil et cela fait, en fin de compte, une négociation permanente. Et c'est ainsi que nous sommes une *nation*. Parce que nous acceptons tous cette palabre incessante chez Bouazza.

— C'est pas Renan qu'a écrit un truc genre *Qu'est-ce qu'une nation ?*

— Nous, on a la réponse depuis longtemps. On est une nation parce que, malgré nos divergences, on se retrouve tous chez Bouazza.

— On est plus forts que Renan.

— D'autre part, c'est pas lui qui aurait pu me faire une tonsure de moine…

— Surtout pas lui…

— … *àlamoude.*

Et dans cette belle après-midi (« mordorée », « chatoiement », *etc.*) ; dans cette belle après-midi où le temps semble hésiter, où il attend son heure dirait-on, comme on prétend que le soleil s'arrête dans sa course (« l'ai-je bien parcourue ? ») quelques instants, juste avant de plonger derrière les horizons (« bleuâtres », « lointains », *etc.*), laissant l'homme orphelin de sa lumière et incertain du lendemain ; donc, dans cette belle après-midi casablancaise, au milieu de la foule (« bigarrée », « pressée ») qui envahissait les allées du Parc, nous nous regardâmes, émus ; et d'un même geste, d'un même allant, dans ce *Café de l'Univers* où, à force de divaguer, nous en découvrions certaines lois (« les Lois de l'Univers »), nous levâmes nos tasses creuses à la mémoire d'Ernest et à celle (future) de Bouazza, à la pérennité et à la vitalité de notre belle nation – et, surtout, surtout, au vide parfait en son milieu, vide tellement beau qu'on se prend parfois d'envie de se courber et de lui embrasser les mains – même la pluie, même l'automne, n'en ont pas de si délicates ;

vide si opportun, si violent et si efficace, que c'est grâce à lui, et seulement lui, que le char (de l'État) avance – que nos vaches sont bien gardées – et que notre bannière claque au vent, fière, hautaine et parfaitement inutile.

Ce qui ne s'est pas dit à Bruxelles

— Bruxelles, murmura John…

… et quelque chose en lui susurra : « Drôle d'endroit pour une rencontre. » C'était irritant, ces phrases toutes faites qui surgissaient au fil de ses pensées. En l'occurrence, il savait bien d'où venait cette expression. D'un film, bien sûr. Un film français, avec Deneuve et Depardieu. Mais le plus souvent, ces fragments épars, il ne savait pas d'où ils venaient mais ils étaient bien là, soudain, énoncés clairement, surnageant dans le monologue intime qui accompagnait John du matin au soir, flot de mots dont il ne pouvait se déprendre qu'en fermant les yeux et en écoutant une sonate (« Encore ton Bach ! » soupirait Annie…). Dans le *Volkskrant* qu'il venait d'acheter en gare d'Amsterdam et qu'il lisait maintenant en attendant sur le quai le Thalys en partance pour Bruxelles, un article l'alerta. Des scientifiques avaient fait « un grand pas » dans la *lecture des pensées*. Nouvelle irritation. Pourquoi parlait-on de progrès (un pas, c'est un progrès, non ?) quand la science faisait une avancée – tiens, « une avancée »… – quand la science faisait une incursion (une intrusion) dans la tête des gens ? À ses élèves de l'université d'Amsterdam, John essayait d'inculquer le sens de la mesure : oui, la science, c'est encore ce que l'homme a de plus précieux (« Et l'art, m'sieur ? » – il avait choisi d'ignorer, pour une fois, Guusje et sa frimousse piquée de taches de son et éternellement questionneuse…), oui, la science, c'est ce qui nous sépare de la barbarie, mais (il avait levé un doigt impérieux) il faut en établir les limites !

Il avait fini l'article du *Volkskrant* et le Thalys n'arrivait pas. Il consulta sa montre puis commença un cours imaginaire devant des ectoplasmes : « Ça veut dire quoi, "lire les pensées de M. Tartempion" ? Il a suffi que je pense à Bruxelles et la phrase "drôle d'endroit pour une rencontre" s'est formée machinalement dans ma tête. D'où vient-elle, cette idiotie ? On ne sait pas ! De connexions physico-chimiques dans cette masse spongieuse qu'on appelle le cerveau, d'une décharge électrique… Tout cela s'est fait de façon automatique comme si j'avais poussé par inadvertance un bouton programmé, à mon insu, pour ouvrir une porte dérobée. (Coup d'œil circulaire dans l'amphi pour s'assurer que les étudiants avaient compris l'image.) En quoi suis-je, *moi*, responsable de cet enchaînement ? »

Le Thalys venait de se ranger sans bruit le long du quai. John se dirigea vers la voiture 11 devant laquelle se tenait un employé affable qui jeta un coup d'œil à son ticket.

— Place 74, c'est à votre droite, dit l'employé en néerlandais puis en français.

John se contenta de hocher la tête en esquissant un vague sourire. Il avait depuis longtemps cessé de faire des remarques du genre « oui, je sais, je prends ce train deux fois par mois », car elles ne menaient à rien, sinon, parfois, à une réaction courroucée de l'employé (« Pardon de vouloir rendre service… »). Il avait décidé, une fois pour toutes, de considérer chaque fonctionnaire comme une machine avec laquelle il fallait entretenir les relations que nos descendants entretiendront avec leurs robots sud-coréens : de l'informatif, du bref, du concret ; jamais d'affect ni d'émotion. (« Mais, m'sieur, vous déshumanisez le monde ? – Il ne m'a pas attendu pour cela, mademoiselle Guusje. ») En plaçant sa valise au-dessus de la place 74, John reprit le fil de son cours : « Quand bien même on arrivera un jour, en implantant les électrodes les plus subtiles dans le cerveau de M. Tartempion, à “lire” ses pensées, comment séparer celles qui lui appartiennent en propre, qui l'engagent, qui expriment réellement son “moi” de celles qui surgissent tout à coup, qui ne font, pour ainsi dire, que passer ? »

Il se laissa tomber sur son siège, le régla dans la position allongée, ferma les yeux et continua son cours. S'adressant à Stephan, un de ses étudiants préférés, il lui dit : « Supposons que je regarde à la télévision notre Grand Leader – nous sommes, par hypothèse, dans un pays totalitaire – et que cette phrase incongrue se forme dans ma tête : “Va donc, eh, gros lard !”, parce qu'à l'école c'est ce que nous criions en direction d'un de nos condisciples un peu enveloppé et que le Grand Leader a pris du poids au cours des derniers mois… Donc, Stephan, vous êtes fonctionnaire au ministère du contrôle des pensées du peuple et les électrodes viennent de me dénoncer. Le cerveau du citoyen John Van Duursen, à 20.56, a été traversé par ces mots : “Va donc, eh, gros lard !” au moment où notre glorieux Guide apparaissait sur le petit écran – donc, Stephan, la question est : suis-je responsable de cette concaténation de mots qui s'est formée sans que j'y puisse rien ? »

Le Thalys venait de s'ébranler et glissait maintenant hors de la gare, entre la ville à gauche et le port à droite. « Il y a des marins qui naissent / dans la chaleur épaisse … », la chanson venait de surgir dans la tête de John, qui vouait un culte au grand Jacques. Voilà qui apportait de l'eau à son moulin (« si l'on peut dire », pensa John, contrarié de n'avoir personne à qui faire remarquer qu'apporter de l'eau au moulin d'un Batave était chose bien inutile, comme fournir du charbon à Newcastle ou du sable au Sahara).

« Revenons à nos moutons », se dit-il – et il entendit la phrase : « Tu veux dire : à nos vaches ? » Ha, ha. Voilà bien qui prouvait sa thèse : nos pensées ne nous appartiennent pas, pour la plupart. Elles relèvent de… comment dit-on ? Ah oui : de la *génération spontanée*. Ce sont des petits courants électriques qui… Bon. Il se replongea dans son journal. La phrase « drôle d'endroit pour une rencontre » était d'autant plus qu'incongrue qu'il savait bien, lui, pourquoi il allait à Bruxelles : pour y rompre. Drôle d'endroit pour une rupture.

*

* *

Annie ne fume plus depuis longtemps. Elle a renoncé à son vice pour John, son Hollandais… *(« Non, Annie, la Hollande n'est qu'une province des Pays-Bas. Je suis né-er-lan-dais. »)*… son Néerlandais fantasque, un peu psychorigide, terriblement intelligent. Elle ne fume plus et c'est tant mieux, car il n'y a plus d'endroit pour « en griller une » – elle a appris cette expression à John – dans cette gare du Nord où elle attend le Thalys qui l'emmènera à Bruxelles. Pour la première fois depuis des mois, ses doigts la démangent, elle se mord les lèvres, ce serait le moment d'exhaler son anxiété dans la fumée d'une cigarette. Elle lève les yeux vers le tableau mille fois consulté depuis qu'elle a entamé, il y a deux ans, sa relation longue-distance avec le grand Batave qu'elle va retrouver chez Tintin.

Le train part dans quinze minutes. J'ai le temps d'aller acheter un journal. Un peu plus d'une heure et je serai à Bruxelles. C'est curieux, il n'a pas eu l'air étonné quand je lui ai proposé d'y passer le week-end, au lieu de se retrouver, comme d'habitude, à Paris ou Amsterdam. Il n'a posé aucune question… Qu'aurais-je pu lui répondre ? Nous avons commencé cette aventure à Bruxelles, il est logique (elle hésite, ce n'est peut-être pas le mot idoine), il est *juste* (adéquat ? idoine ?) que nous nous y séparions, comme une boucle qui se referme, à la fois finie et infinie. Comment John prendra-t-il la décision qu'elle a prise : rompre ?

Voiture 17. Après avoir laissé sa valise à l'entrée, Annie va s'asseoir à la place qu'indique son billet, se fourre discrètement des boules Quiès dans les oreilles – aucune envie d'entendre le bavardage multilingue des voisins – et déploie son journal. Tiens, « l'affaire » continue. C'est une aubaine pour la presse, dont les ventes explosent. Chacun a son opinion sur la question. Justement, c'était la cause de la dernière dispute avec John. Dispute ? Disons accroc, incompréhension culturelle… « Ce genre de scandale, cela n'arriverait pas chez nous », avait décrété John avec ce petit air de supériorité morale qui agaçait Annie.

— C'est ça, traite-nous de dépravés, tant que tu y es.

— N'exagérons rien. Tu sais que j'adore la France. Mais enfin, vous passez tout à vos hommes politiques.

Elle s'était mordu les lèvres pour ne pas répliquer :

— Les vôtres, ils n'intéressent personne, c'est pourquoi on ne va pas fouiller dans leur vie privée. Qui a jamais entendu parler de Balkenende ou Rutte ?

Ce n'était pas la première fois qu'ils se querellaient, mais cette fois-là, elle en avait gardé un goût amer. Peut-on faire sa vie avec un homme qui s'attribue toujours, d'autorité, le magistère moral ? Un homme qu'elle croyait aimer mais qui l'irritait par sa manie de tout ramener à cette certitude : qu'il savait, lui, ce qui était juste et qu'elle n'avait qu'à se ranger à son opinion. Le Thalys roulait maintenant dans la banlieue parisienne avant de se lancer à folle allure dans les plaines du Nord. « Déjà que ce n'est pas simple de vivre chacun dans son pays, d'avoir toujours ces trois heures de train entre nous, pensa-t-elle, si en plus je dois vivre dans une sorte de culpabilité permanente parce que je n'ai pas les principes calvinistes de Monsieur… » Elle se souvint que Jean Calvin était Français mais ne sut comment tourner la chose à son avantage. Bah… Ses yeux se posèrent de nouveau sur la une de son quotidien. Tiens, Johnny fait l'acteur, sur les planches. Dans une pièce de Tennessee Williams, en plus. Elle rêva un instant d'y aller avec John mais se heurta à un autre de ses principes : une pièce de théâtre se donne dans la langue où elle a été écrite. Facile à dire, quand on est polyglotte comme lui. Moi, je suis prof d'histoire, pas de lettres. Je baragouine un peu l'anglais. Heureusement qu'il parle ma langue, lui. Ah, encore un motif de brouille. Ces longues conversations en néerlandais qu'il tenait à l'occasion, à Amsterdam, dans un café ou chez des amis, sans se soucier du fait qu'elle n'y entendait goutte.

— Tu n'as qu'à apprendre le néerlandais.

— Quand, où, comment ? Et pourquoi ? Tous les

Hollandais parlent anglais. Et je n'entends que des *ghr* et des *kh* dans cette espèce de sous-allemand.

Là, c'était lui qui s'était énervé. D'abord, le néerlandais était une langue à part entière, et non un dialecte. Et c'était même la langue la plus riche du monde. Oui, madame ! Il avait tenu à lui montrer, frémissant de colère, les vingt ou vingt-deux tomes du grand dictionnaire de la langue néerlandaise « avec plus d'entrées que l'*Oxford English Dictionary* ou le Grand Larousse ». La brouille avait duré des heures.

Elle se dit qu'elle ira allumer un cierge à l'église Sainte-Catherine, dans ce joli quartier du centre de Bruxelles, après s'être séparée de John. Elle n'est pas du tout croyante mais ce serait une façon de clore le chapitre. Quand le cierge se sera consumé, leur relation aura été consommée. Ou bien l'inverse ?

*

* *

Ils avaient rendez-vous dans un grand hôtel de la place Jourdan recommandé par un ami diplomate. Quand Annie y entra, elle vit John assis dans un vaste patio décoré d'œuvres d'art et éclairé par un puits de lumière. L'endroit lui fit une bonne impression. John avait déjà effectué l'enregistrement et il tenait à la main la clé de la chambre. Ils se firent la bise comme des étrangers. De toute façon, John n'aimait pas les effusions publiques. Il l'emmena au septième étage (« le septième ciel, c'est fini », pensa-t-elle avec un pincement au cœur...) et lui montra avec une fierté un peu mélancolique la suite moderne et confortable qui offrait une belle vue sur Bruxelles. Ils s'efforcèrent de reconnaître quelques monuments, au loin. Elle craignait qu'il ne voulût la prendre dans ses bras mais il se contenta de l'attendre dans le petit salon, assis sur le sofa, pendant qu'elle déposait ses affaires dans la chambre à coucher. Elle alla rapidement faire un tour dans la salle de bains (tout était parfait) puis revint au salon. Elle prit un ton enjoué pour demander :

— Bon, qu'est-ce qu'on fait maintenant ?

La même pensée leur traversa l'esprit : « Ce n'est pas le moment. »

— Tu as déjeuné ? (Elle fit oui de la tête, elle avait pris un sandwich dans le train.) Eh bien, allons-nous promener, il n'est même pas 14 heures, on avisera plus tard pour le dîner.

— On va où ?

— En t'attendant, j'ai regardé dans le guide. Il y a un grand parc juste à côté. On va s'y promener ?

(« Bon, comme d'habitude, c'est lui qui décide mais c'est la dernière fois. ») Ils sortirent de l'hôtel, tournèrent à gauche et s'engagèrent dans la rue Froissart, puis dans la rue Belliard. Il faisait un temps splendide. Cette fois-ci, ni l'un ni l'autre ne fit de commentaire sur les façades et leur alignement typiquement bruxellois qui mêle les styles et les époques, « sans souci d'harmonie », disait-il d'habitude, « mais qui a quand même quelque chose », répondait-elle alors, « un je-ne-sais-quoi… »

— Ah oui, le je-ne-sais-quoi, invention française bien pratique quand on est à court d'arguments, avait-il dit un jour, en ricanant.

— Pas du tout, c'est l'expression d'un sentiment subtil, presque… ineffable, avait-elle répliqué. Tu as la tête trop pratique pour le ressentir.

Il n'aimait pas qu'elle le taquine.

— C'est ça, je suis trop… comment dis-tu, fruste ? Frustre ?

— « Frustre », ça n'existe pas, c'est un barbarisme. Il faut dire « fruste ».

— Tu me trouves fruste ? Parce que je ne sais pas ce que c'est que le je-ne-sais-quoi ?

Il avait ri, très satisfait de son jeu de mots. Elle avait répliqué, en souriant, mais avec une pointe d'irritation :

— Tu es l'homme le plus intelligent et le plus cultivé que je connaisse. Mais enfin, c'est vrai que tu as quelque chose de bien hollandais. Tu m'as appris toi-même l'expression : « marchand et pasteur ».

— Oui, *koopman en dominee*. Nous avons encore un peu de cela dans notre mentalité. Et alors ?

— Et alors, ni le marchand ni le pasteur ne sont réputés pour leur sens de la nuance, de l'ambiguïté, de l'entre-deux…

Il avait ri ce jour-là et n'avait rien ajouté. Aujourd'hui, Annie regardait avec un peu de tristesse les façades des immeubles de la rue Belliard. C'était la dernière fois qu'elle les voyait en compagnie de John. Les reverrait-elle un jour ? Aurait-elle jamais une raison de se retrouver à Bruxelles et surtout dans ce quartier d'affaires où les touristes ne vont pas ? Tout, autour d'elle, avait l'air de dire adieu.

Cinq minutes plus tard, ils pénétraient dans le parc du Cinquantenaire. Contrairement à leur habitude, ils ne se tenaient pas par la main et évitaient même de se toucher. « Comment vais-je le lui dire ? » « Quelle explication donner ? » Ce silence qui à la fois les séparait et les unissait commença à peser à Annie. Elle montra au loin un arbre :

— Tu as vu ce magnifique érable ?

John se tourna vers la direction qu'indiquait Annie de sa main tendue vers un coin du parc et hésita un instant. Puis il hocha la tête sans rien dire et se replongea dans ses pensées. Ah, les arbres… Au début, c'était un enchantement de découvrir leurs noms dans les deux langues, de toucher un marronnier et de s'exclamer en même temps et en riant : « Marronnier ! », « *Kastanjeboom !* » ou bien « Chêne ! », « *Eik !* »… Eik ? ? ? Elle avait ri aux larmes. Quel drôle de nom… « Hêtre ! » « *Beuk !* » Beuk ? ? « Mais enfin, vos arbres, vous les nommez ou vous les insultez ? » Il avait ri jaune. Et puis, petit à petit, au fil des promenades, un autre sentiment s'était fait jour en lui. Parfois, il pensait avec nostalgie à ses anciennes liaisons, avec Petra ou Mieneke, quand il suffisait de nommer un arbre, une fleur, un fruit, sans avoir besoin de traduire, pour qu'aussitôt leur vînt à l'esprit, tous les deux, un goût, une couleur, un souvenir d'enfance – et souvent, ce souvenir était le même, ou à peu près, la première orange goûtée à Noël, l'apparition saisissante, lors d'une promenade en vélo, d'un chêne aux branches chargées de neige dans le silence irréel d'un matin d'hiver glacé et lumineux, les premières fleurs écloses dans le jardin de la maison familiale – qui ressemblait tellement à celle où avait grandi Petra ou Mieneke… Avec Annie, les choses étaient différentes : les arbres formaient une sorte de mur entre eux, les fleurs parlaient un autre langage, les fruits avaient le goût d'une autre enfance, d'une autre vie. Et tout cela se perdait… *Lost in translation :* la phrase s'invita d'elle-même. C'était couru : il venait de voir le film…

Au cours de la promenade, plusieurs phrases s'étaient ainsi formées dans sa tête. « Qu'est-ce que je fais ici ? » Celle-là était une vieille connaissance, à laquelle il ne faisait même plus attention. Angoisses d'adolescent… Oui, c'était acquis, personne ne sait pourquoi il est jeté dans ce monde (« cruel », bien sûr), on peut se mentir, croire en mille billevesées, s'imaginer élu, s'inventer des dieux et de grands desseins, mais le fond de tout, c'est qu'on n'en sait rien. Et alors ? Qu'importe que la vie ait ou n'ait pas de sens, pourvu qu'elle ait un goût. Autre inscription surgie d'on ne sait où : « Qui est cette femme à côté de moi ? » Oh, il aurait pu remplir une fiche de police, si nécessaire, il connaissait son nom, sa date de naissance, certains détails qui pourraient intéresser une enquête anthropomorphique – et après ? L'avait-il épuisée ? « Cela fait quelque temps que tu ne l'épuises plus. » Qui a dit cela ? Quel rustre ? Au détour d'un chemin, il avait vu ses mots : « Il faut savoir terminer une grève. » Curieusement, la phrase était en français, il mit quelques instants à la reconnaître. Oui, c'était une phrase que lui avait apprise Annie, une de ces citations qu'elle le forçait à répéter, en bon professeur d'histoire, « parce que la France, c'est ça aussi, pas seulement des monuments et de bons petits plats, mais aussi des proclamations, des slogans qui se sont gravés dans l'imagination des Français et qui font maintenant partie de leur âme, de leur inconscient collectif – pour nous comprendre, il faut que tu les connaisses par cœur… » – mais d'où venait cette déclaration ? Ah oui, ce dirigeant communiste d'autrefois – John fronça les sourcils – qui ? Oui : Maurice Thorez : « Il faut savoir terminer une grève. » Mais pourquoi pensait-il à cela ? Quel rapport ? Les mots se mirent à danser, puis à scintiller et il vit qu'ils disaient autre chose maintenant : « Il faut savoir terminer une relation. » Qui parle ? Me donne-t-on un ordre ? Un conseil ? Est-ce moi qui à moi-même s'adresse ? En français ? Bizarre…

Leurs pas les avaient portés vers le musée du Cinquantenaire. Il s'arrêtèrent un instant pour regarder le grand bâtiment sobre et solennel. Ce fut très naturellement qu'ils en gravirent les marches majestueuses. John marmonna quelque chose, elle fit oui de la tête et il alla acheter deux billets d'entrée. « Qu'est-ce que je fais ici ? », se demanda-t-elle.

Ils déambulèrent dans les salles en échangeant quelques phrases convenues. (« C'est incroyable, comme il est riche, ce musée ! — Oui… Pourquoi n'est-il pas plus connu ? On n'en entend jamais parler. Tu as vu ces marbres ? — Fabuleux ! ») Petit à petit, les phrases se firent moins convenues, ou bien elles prirent un sens nouveau, à mesure que le musée se refermait sur eux et déployait sa richesse en effet extraordinaire. Une *Mosaïque de la Chasse* venue d'Apamée en Syrie, et dont le guide précisait qu'elle « provenait du palais du gouverneur de *Syria Secunda*, province romaine », les laissa sans voix. Annie en fut réduite à une de ces réflexions qu'elle faisait parfois à voix haute et qu'elle regrettait aussitôt, les qualifiant elle-même de « poujadistes ».

— Eh bien, il ne s'embêtait pas, le gouverneur de *Syria Secunda* !

Il avait fallu expliquer le mot « poujadiste » à John, quelques mois plus tôt…

Les bronzes du Lorestan donnèrent à John l'occasion de parler de l'Iran qu'il avait exploré, le sac au dos, au temps de ses études. « C'était avant les ayatollahs… » Annie se souvint qu'elle en avait admiré de beaux échantillons au musée Cernuschi à Paris.

— Des échantillons d'ayatollah ?
— Non, idiot, des bronzes !

Ils éclatèrent de rire, nerveusement, puis redevinrent sérieux, lui un peu mélancolique, elle au bord des larmes. Pour se ressaisir, elle se mit à lire à haute voix des phrases entières du guide. Comme ils étaient seuls dans le musée, elle avait l'impression de déambuler dans un palais immense qui serait leur demeure. Sa demeure. « La collection égyptienne compte plus de onze mille pièces », lut-elle. Elle lui montra la « dame de Bruxelles » puis le relief de la reine Tiyi. Il hocha la tête sans la taquiner sur sa science très récente. « Les collections romaines s'articulent autour de quelques œuvres importantes : de remarquables miroirs étrusques, des bustes en marbre d'époque impériale… » Penchés sur l'immense maquette de Rome, ils se montraient l'un l'autre, du doigt, les monuments qu'ils reconnaissaient.

— Ce sera notre prochain voyage ! s'exclama Annie étourdiment – puis elle se mordit les lèvres.

Dans une autre salle, ils virent des icônes, des soieries, des textiles coptes et des céramiques byzantines.

— Mais c'est Byzance…, murmura Annie machinalement.

John se rapprocha.

— Qu'est-ce que tu dis ?

Annie hésita un peu puis se tourna vers lui et lui apprit l'expression qu'elle avait si souvent entendue dans son enfance. Son grand-père, à Toulouse, s'approchait de la table, les soirs de fête, un grand sourire éclairait son visage émacié qui avait connu tant de privations et il s'exclamait, de sa bonne voix chargée d'accent, chargée de soleil et de bonté : « Mais c'est Byzance ! »

— Comment tu dirais cela en néerlandais ?

Il se mit à réfléchir.

— *Het is de hoorn des overvloeds*, peut-être. Mais il y a sans doute une meilleure traduction. Je chercherai…

Les céramiques vietnamiennes, les sculptures khmères, les tambours du Laos plongèrent John dans son enfance scandée par les échos de la guerre d'Indochine, à la radio… Une imposante sculpture, ramenée de l'île de Pâques, les attira vers un coin sombre du musée. Le souffle coupé, ils restèrent plusieurs minutes devant le colosse menaçant sans se rendre compte qu'ils s'étaient rapprochés, à se toucher presque. Les salles voisines présentaient les civilisations inca, maya et aztèque. Annie se penchait et lisait avec application les cartouches. John préférait regarder d'abord les objets, longuement, puis jetait un rapide coup d'œil aux petits cartons collés sur les vitrines. Annie murmura :

— … l'art plumassier des Indiens des grandes forêts d'Amazonie…

Elle éclata de rire. John se mit à sourire et la regarda d'un air intrigué.

— Non, ce n'est rien, c'est un mot qui m'a fait rire : *plumassier*. Je ne connaissais pas ce mot. Ça m'a rappelé « plumard ». *L'art plumassier*… L'art du plumard… C'est marrant.

John ne riait pas. « *Vind je dit grappig ?* » Il vit les mots flotter devant ses yeux avec la traduction française : « Et vous trouvez ça drôle ? » qu'il connaissait parce qu'un jour Annie lui avait fait entendre un sketch de Coluche qui se terminait par ces mots. Tiens, voilà encore quelque chose qui n'allait pas : elle ne riait jamais à ses bons mots. Le temps qu'il les explique, qu'il les décortique, ils avaient évidemment perdu toute leur saveur. « Tu es terriblement sérieux, tu manques d'humour… » Petra et Mieneke avaient pourtant apprécié son humour pince-sans-rire, les petites absurdités qu'il débitait d'un air très sérieux. Encore fallait-il comprendre…

À l'intérieur du musée, il découvrirent un cloître gothique. Ils s'assirent un instant sur la pierre froide. Ils s'étaient promis, un jour, au début de leur aventure, de visiter tous les cloîtres de toutes les abbayes d'Europe… « Vaste programme. » Oui, je sais, je l'attendais celle-là, pensa John en entendant la voix de De Gaulle lui souffler ces mots. « J'irai seule dans les cloîtres, se dit Annie, peut-être mettrai-je un petit voile noir, on me prendra pour une pénitente… » Elle se reprit. « Que dois-je expier ? C'est fou ! Il y a quelque chose en moi qui se croit coupable… » Ils sortirent du cloître, se trompèrent de chemin et se retrouvèrent dans une immense salle d'art précolombien. Ils étaient debout à regarder une sorte de totem miniature quand John se sentit soudain assailli par un flux de sons et de couleurs. Des mots se formèrent dans sa tête, ce fut comme s'il était spectateur de ce qui lui arrivait et il entendit distinctement sa voix prononcer cette phrase, en français :

— Annie, je suis désolé mais c'est fini entre nous.

Il sentit aussitôt qu'un gouffre s'ouvrait sous ses pieds. Non ! Il voulut rattraper ses mots mais c'était impossible. Ils n'étaient plus là, les mots, il n'y avait plus que des images criardes, des couleurs, des échos qui lui vrillaient le crâne. Terrifié, il se tourna vers Annie mais elle n'était plus à côté de lui. Il la chercha fébrilement des yeux dans la grande salle puis il la vit au loin, de dos. Elle était de l'autre côté de la pièce, comme tombée en arrêt devant une vitrine. Il s'approcha d'elle, se demandant comment elle avait fait pour s'éloigner sans qu'il l'entende. Il lui toucha l'épaule, elle sursauta et se retourna, chavirée, choquée, l'air hagard. Mais c'était impossible, elle n'avait pas pu l'entendre. Pourquoi cette émotion, alors ? Il aperçut dans la vitrine une sorte de momie grise. C'était un effrayant squelette, un adolescent embaumé dans une position étrange, comme accroupi. On voyait distinctement ses os, on pouvait discerner des morceaux de sa peau devenue cuir, on devinait son regard dans ses orbites creuses. Annie se blottit dans les bras de John et se mit à pleurer.

Ils étaient maintenant trop fatigués pour aller admirer, dans la chapelle, les verrerie, les vitraux, les étains et les céramiques que leur promettait le guide. Les dentelles, les textiles, les costumes…

— Ce sera pour une autre fois, dit-elle.

— Oui, répondit-il. *I shall return.*

— Pourquoi le dis-tu en anglais ?

— En fait, c'est une phrase célèbre. C'est ce qu'a dit le général MacArthur en quittant les Philippines sous la menace japonaise, pendant la guerre.

— Tu sais parler autrement qu'en citations ? Tu sais que tu es très fatigant ? Et d'abord, ce n'est pas *I shall return*, mais *We shall return.*

Elle avait dit cela avec beaucoup de tendresse. Ils revinrent à l'hôtel en faisant un détour pour passer sous l'arcade du Cinquantenaire. Cette fois-ci, dans le parc, leurs mains se cherchèrent et se trouvèrent. Revenus à l'hôtel, ils allèrent prendre un verre au bar-restaurant. Ce fut ensemble qu'ils décidèrent d'y rester pour dîner au lieu d'aller sur la Grand-Place, comme l'avait planifié John. La serveuse était une Italienne amicale et discrète. Annie but une gorgée de vin et remarqua :

— Tu es bien silencieux, pour une fois !

Il lui sourit, lui prit les mains et la regarda dans les yeux. Il ne disait rien, mais les mots se bousculaient dans sa tête.

— Aujourd'hui, j'ai failli te perdre… Mais je me suis rendu compte que toutes ces phrases qui m'emportaient vers la rupture… vers ce que je croyais être *ma* décision de rompre n'étaient pas de moi… D'une certaine façon, j'entendais des voix. Des citations. Des mots, des colliers de sons venus de je ne sais où. Quand tu m'irritais, je voyais des phrases apparaître. « Quelle idiote ! » « Qu'est-ce que je fais avec cette femme ? » « Ça ne va nulle part, cette relation. » « Finissons-en ! » Des mots… Mais l'important, c'est ce sentiment atroce de solitude qui m'a étreint *en une seconde* quand j'ai cru que c'était fini. Ça, c'était du concret. Ça, c'était *moi*. Mon corps, mon âme, appelle-ça comme tu veux… C'est là que j'ai compris, à ce moment précis. (Par quel miracle t'étais-tu éloignée de moi alors que je te croyais à mes côtés ?)

Elle le regardait d'un air narquois, en pensant : « Tu ne le sauras jamais, mais j'étais venue à Bruxelles pour rompre. Trop compliquée, cette relation à distance. Et ton caractère de Hollandais… pardon, de Néerlandais. Et puis, c'est idiot mais… C'est en regardant cette momie que je me suis dit : il est vivant. Toi, je veux dire… Il est plein de défauts, de manies, il m'irrite au plus haut point, parfois, mais c'est justement *cela* qui fait qu'il est vivant. C'est de cette étincelle de vie, même si elle se manifeste par un sale caractère, que je suis amoureuse. Je le sais maintenant. Nous visiterons tous les cloîtres de toutes les abbayes du monde. »

Les plats délicieux qui se succédaient leur délièrent la langue. Il était presque minuit quand ils regagnèrent le septième étage. Il s'effaça pour la laisser pénétrer dans la suite puis y entra à son tour. Il referma la porte, doucement, presque tendrement, conscient qu'il était tout entier dans ce *geste*. Et dans tous ceux qui allaient venir.

Le garde du corps de Bennani

Nagib repose *Le Matin du Sahara*, l'air préoccupé, nous englobe d'un seul coup d'œil dans sa détestation du monde, et éructe :

— C'est quoi, les maladies auto-immunes ?

Prudemment, nous nous taisons. La question semble en appeler d'autres. Une discussion pourrait éclater, médicale, méchante. Il fait chaud, on est samedi matin, le chat du Maure (ou du patron ? À qui appartient ce maudit chat ? Et d'abord, un chat appartient-il à quelqu'un ?), le chat du *Café de l'Univers* dort, roulé en boule, sur une chaise voisine. Des passants passent, pressés, parce que nous sommes à Casablanca, et non à Tafraout, et qu'il faut avoir l'air pressé, même si on n'a rien à faire, pour donner le change, pour faire croire qu'on est à la hauteur, qu'on est un vrai Casablancais, affairé, industrieux, utile – autre chose que ces clowns de Marrakchis, qui ne font rien de la sainte journée, rien que regarder un grand minaret tout ocre et raconter des blagues.

Le silence s'épaissit comme la ouate imbibée du sang des pauvres.

Nagib change alors de tactique. Il pointe le doigt sur Hamid et répète sa question, qui s'est faite comminatoire :

— C'est quoi, les maladies auto-immunes ?

Hamid, attaqué, se défend d'abord en feignant d'être sourd ; puis muet ; puis idiot, ce qui ne lui est pas difficile. Mais rien ne saurait détourner la rage de savoir qui s'est emparée de Nagib. Il répète, un ton plus haut, sa question.

Dadane, qui s'est joint ce matin à nous, vole (mollement) au secours de Hamid.

— Les maladies auto-immunes ? Ce serait trop long à t'expliquer, il faudrait, en plus, des crayons, du papier... Mais, à la place, je vais te raconter l'histoire du garde du corps de Bennani...

Tout le monde lève les yeux, même ceux (Hamid) qui feignaient tantôt de n'en point avoir. C'est un étonnement collectif :

— Tu as bien dit « le garde du corps » ?

Le Maure s'approche, constatant notre éveil, pressentant la consommation. Nous commandons rapidement des thés à la menthe, un café, un Mekka cola.

— Tu as bien dit « le garde du corps » ?

Dadane se carre dans sa chaise exiguë, s'éclaircit la gorge, pose sa voix dans les tons « je m'en vais vous en raconter une bien étonnante » et se lance

— Vers la fin de l'année 19**, les élèves de la classe de mathématiques supérieures du lycée Lyautey de Casablanca (j'étais du nombre) décidèrent d'organiser une petite fête, pour fêter... pour fêter quoi, au juste ? Je ne m'en souviens plus. Mais peu importe...

— Les raisons de se réjouir ne sont pas si nombreuses, on ne va pas faire la fine bouche. Continue.

— Les élèves commémoraient peut-être la démonstration d'un théorème ?

— Ha, ha, très drôle... Bref, ils louèrent une salle idoine, avenue Mohammed-V, un local pompeusement baptisé « salle des fêtes » par son propriétaire. En fait ce n'était qu'une espèce de grand hall qui prenait des airs et dont les murs, couleur *bounni*, suintaient la désespérance. Le plafond était tendu de grandes banderoles qui avaient été placées là pour une autre occasion (la naissance d'un syndicat) et qu'on avait oublié de décrocher. Tant pis, on allait s'éjouir sous des slogans partisans – il en faut plus pour gâcher la commémoration du théorème de Thalès.

— Thalès est imperturbable.

— Irréfutable.

— Envoyé en reconnaissance, Anouar avait accepté les conditions du maître des lieux. C'est lui qui nous avait décrit la salle, mais, prudent, il avait parlé de murs roses : la couleur *bounni*, on ne savait pas ce que c'était. Des murs roses ! Le vieux Thalès allait se retourner dans sa tombe, d'allégresse. Les Grecs aiment le rose (non ?).

Nous ne répondîmes rien, peu experts de l'Hellène.

— Des stocks de boisson furent constitués : Coca-Cola, Youki bien sûr, Sim, Sinalco et autres marques complètement disparues de la surface de la planète.

— Pas d'alcool ?

— Si, un peu de bière. Discrètement. C'était l'époque où on pouvait boire de la bière sans déclencher un tir nourri de *fatwas*, sans provoquer de questions au Parlement, sans que les Pakistanais lointains s'émeuvent.

— Heureuse époque !

— Temps bénis !

— Le jour venu, nous nous rasâmes de près, nous parfumâmes avec un parfum espagnol à dix balles et marchâmes gaiement jusqu'à la salle des fêtes, pour économiser le prix du billet de bus (1 dirham 20 centimes). Nous avions mis nos vêtements les moins élimés, nos chaussures les moins poussiéreuses, nos cravates les moins virtuelles. La bande à Thalès traversa Casablanca comme si c'était ville conquise.

— Le monde est à nous !

— Après une demi-heure de marche… Nous y sommes ! Mais quoi, mais qu'est-ce, la porte est fermée ! Devant la salle, nous faisons le pied de grue car cet imbécile de Mourtada a oublié la clé dans la poche de son pantalon de tous les jours – qu'il ne porte pas aujourd'hui, par définition : il est endimanché, même si c'est vendredi soir. Il retourne en courant boulevard Ziraoui chercher la clé. On l'attendra sur le trottoir (c'est sans risque, c'était l'époque où les fanatiques ne venaient pas se faire exploser dans la foule dès qu'ils apercevaient un rassemblement de plus de trois personnes).

— Heureuse époque !

— Temps bénis !

— On attend donc tranquillement en parlant d'espaces de Hilbert et d'équations de Maxwell. Mais… Une BMW noire s'arrête à notre hauteur. Ai-je besoin de décrire une BMW ? C'est une voiture de fabrication allemande, particulièrement bien dessinée et au moteur puissant. C'est un joyau de cette technique avancée qui toujours écrasera les gueux.

— On sait ce que c'est qu'une BMW. On en a vu. De loin.

— Bennani en descend (de la BMW noire). Bennani, c'était le rupin de la classe de mathématiques supérieures. Plutôt sympathique, intelligent, généreux à l'occasion, il n'avait que ce défaut d'être riche et nous pas. D'habitude, il lui suffisait d'apparaître pour nous renvoyer, par contraste, à notre triste condition de « fils du peuple ». (C'était l'époque où même des fils du peuple pouvaient fréquenter le lycée Lyautey de Casablanca.)

— Heureuse époque !

— Temps bénis !

— Mais ce jour-là, il ne pouvait pas faire mieux que nous. On était bien sapés. Ou plutôt : convenablement. Même nos cravates virtuelles pouvaient soutenir la comparaison avec sa lavallière en satin piquée d'un bouton qui nous disait merde. Nous nous sentions en mesure de tenir tête à Bennani. Sur ce trottoir où nous faisions le pied de gruc, nous redressâmes la tête, fiers d'être aussi bien vêtus. Dadouche avait même emprunté tout un costume à un sien cousin. Il s'avança donc un peu, prêt à défier du regard le nabab des matheux.

— « Monsieur, nous nous battrons ! »

— « Sur le pré ! Sur le pré ! »

— Mais voilà que de la BMW descend un deuxième homme, sur les talons de Bennani. Un homme… Et quel ! C'est un malabar. Un balèze. Un méchant. Il roule de larges épaules, exhibe des mains d'étrangleur et sa mâchoire carrée tressaute, menaçante. Il est de noir vêtu et porte des lunettes du même métal. *Black !*

— Le détail !

— D'instinct, nous les taupins agglutinés devant la porte de la salle des fêtes de l'avenue des Forces-Armées-Royales, nous les taupins, d'instinct on s'écarta. Murmures d'étonnement. (« C'est qui ce mec ? », « *Chkoune hadak ?* », « *Mnin khrouj dak* James Bond ? ») Bennani, ayant constaté que la porte de la salle de fêtes est fermée (cet imbécile de Mourtada n'est pas encore revenu), s'adosse au mur, placide, et allume une cigarette John Player Special – ce n'est pas lui qu'on verrait emboucher des Casa-Sport. Dadouche, contrarié (sa tentative de défier Bennani par le regard a tourné court), lance :

« — Hé, Bennani, c'est qui ce mec ? »

Volutes de fumée voltigeant hors des narines, Bennani répond, sur le ton de l'évidence :

« — C'est mon garde du corps. »

Et poum ! Enfoncés, nos fringues ridicules, notre parfum *made in España*, nos chaussures cirées Kiwi. Comme d'habitude, les riches nous avaient distancés, en choisissant une autre arène. (Les riches déplacent le débat : c'est leur grande force. Ils sont toujours là où on ne les attend pas.) Hagards, nous nous exorbitions à regarder le *bodyguard* – nous n'en avions jamais vu d'aussi près. Il avait la tête de l'emploi et les gestes encore plus. Il se plaça entre nous et son maître et tapa du poing droit sur la paume de la main gauche. Nous n'étions pas revenus de notre étonnement. Zriwil demanda :

« — Ton… quoi ? »

Le garde du corps entreprit de venir tous nous regarder sous le nez, en commençant par Zriwil.

« — Un mot de travers et je vous tue…

« — Quoi, un mot de travers ? Tous nos mots sont déglingués, mal foutus, branlants… C'n'est qu'd'hier qu'nous fréquentons Hugo. Et puis, on est les copains de Bennani », lui répondit Dadouche.

Entre-temps, Mourtada était revenu, de son pas de furet mélancolique, et nous pûmes entrer dans la salle des fêtes. Dans un coin se morfondaient quelques sandwiches et s'étiolaient les boissons. Une grande banderole, tendue sur toute la largeur de la salle, proclamait la fierté des conducteurs d'autobus d'avoir enfin leur syndicat. Des guirlandes jaunes dégoulinaient du plafond, l'air de s'être pendues un lendemain de fête. Le patron, qui ne lésinait pas, avait installé un vieux Teppaz rescapé du *Titanic* et trois disques exactement : Aznavour, la *Petite musique de nuit* et Nana Mouskouri *(Greatest Hits)*. Nous étions ravis (c'était Byzance) mais pas Bennani. Il jeta d'un air dédaigneux les housses après les avoir à peine regardées.

« — C'est quoi, ce bazar ? »

C'est comme ça qu'il nous écrasait régulièrement. Quelqu'un s'extasie, lui, il dénigre : il a vu mieux, il connaît mieux. Mieux : il *possède* mieux. Que dis-je ? *Il est mieux.*

Le voilà qui hausse les épaules.

« — Je vais vous apporter de la vraie musique », décide-t-il.

Il sort, suivi de son garde du corps, va farfouiller dans le coffre de la BM et revient, suivi de son garde du corps, avec un grand cube de carton d'où il tire, d'un coup de poignet, des 33 tours en veux-tu, en voilà. Marvin Gaye, Paul Anka, Les Supreme… Bientôt ronronne dans la salle à peine veuve de ses syndicalistes le désir animal magnifié par la *soul* :

— *Let's get it on…*

Bennani se trémousse un peu, imité par son garde du corps, ferme les yeux, puis nous jette :

« — Ça, c'est magique, les filles tombent comme des mouches en l'entendant, si vous aviez amené vos nanas… »

La phrase reste en suspens. Nous baissons la tête, mortifiés. En fait de « nanas », nous n'avons parmi nous que trois petites taupines, Najla et les deux autres, nos condisciples, sur lesquelles s'accumulent nos fantasmes mais que semblent n'intéresser que les maths – et pas nos tronches de déterrés.

La soirée se déroule normalement, c'est-à-dire anormalement : trois filles, soixante affamés et Marvin Gaye. Debout dans un coin, fumant ses John Player Special, Bennani nous observe : il est au zoo. Son garde du corps, qui tripote au niveau de son oreille une oreillette inexistante, boit bière sur bière : c'est gratuit, car qui oserait demander des sous à une armoire à glace ? De temps en temps, il va *contrôler*.

— Contrôler quoi ?

— Ben, tout… Il tape sur les murs, comme on fait quand on cherche un creux, avec la paume de la main gauche à plat et des petits coups secs de l'index replié de l'autre main… Il défie du regard la banderole des syndicalistes. Il soupèse les sandwiches, les déleste, si besoin est, de leur garniture (c'est dangereux, la mortadelle). Il ouvre la porte et examine l'avenue des Forces-Armées-Royales, si propice au déferlement de chars. Il vient nous regarder par en dessous, l'air soupçonneux, comme si nous fomentions un attentat. Il prétend même fouiller au corps la petite Najla, qui se sauve en piaillant. Il demande ses papiers au propriétaire de la salle qui est venu voir si tout se passe bien. Le proprio s'offusque (il est quand même chez lui), on frôle l'incident, le garde du corps doit en rabattre.

Tant et si bien qu'il commence à nous faire pitié, l'homme sans emploi. Ahmidouch lui demande d'où il vient. « Settat ! », répond-il, comme d'autres disent New York ou Paris. Nous nous regardons, étonnés – il y a une école de *bodyguards* à Settat ? Il se méprend sur notre flottement. Menaçant :

« — Ça vous dérange ? »

Nous lui faisons comprendre que pas du tout. Et les index accusateurs se tendent : lui, il est de Benahmed, lui (le gros) de Tata, lui de Sefrou, lui (le p'tit) de Sidi-Bennour, moi de Fqih-Ben-Salah…

Il n'en revient pas, le fort des Halles. Il nous croyait tous fils de la haute, *bourgeois*, friqués, casablancais et peut-être même fassis… Et il nous découvre aussi blédards que lui ! « Muet de saisissement » (il y a longtemps que je voulais la placer, celle-là), il s'en va vérifier que l'avenue n'a pas changé de direction. Puis il revient, comme si quelque aurore commençait à luire parmi ses neurones. Il murmure :

« — Mais vous êtes tous des fils du peuple… »

Un frisson collectif nous traverse. Il faut se souvenir que cette histoire se passe à l'époque où trois personnes sur deux faisaient partie de la police, où les mouchards abondaient, où l'on pouvait être dénoncé par son ombre – la chienne. Des expressions comme « fils du peuple » qui nous semblent aujourd'hui anodines sonnaient à l'époque comme une proclamation du genre : « Je suis marxiste-léniniste et j'ai l'intention de renverser le gouvernement. »

En tout cas, le fait que *mister bodyguard* utilise une expression aussi dangereuse nous suggère que 1) il est fou 2) c'est un mouchard 3) il a bu. La vérité se situe probablement dans 1 + 2 + 3.

Dès les mots ouïs, et leur dangerosité percolée dans nos cerveaux, nous nous égaillons dans la salle des fêtes, peu soucieux de finir l'année en prison – on a des concours et des examens à passer. L'homme nous suit (il se dédouble, se détriple, se n-uple), accrochant les uns, embrassant les autres, pelotant Najla et proclamant urbi et *ᶜroubi* qu'il nous aime tous, en bloc et dans le détail. Bennani, debout dans un coin, médusé, ressemble à Napoléon constatant que Moscou brûle et qu'il n'a pas d'extincteur.

Son garde du corps pleure maintenant, tellement imbibé d'alcool qu'on pourrait l'enflammer en claquant des doigts. Il bafouille, la morve déformant les mots :

« — Vous êtes tous des fils du peuple... Comme moi. »

Il se tourne, au hasard, vers le natif de Sidi-Bennour.

« — Je m'appelle Bouchta ! Et toi, mon frère, comment Dieu t'a-t-il prénommé ?

« — Jilali, affirme fièrement le Sidi-Bennourien.

Le gardkor se recule de quelques centimètres et considère le pantalon de Jilali. C'est un pantalon, qui (comment dire ?)... *a vécu*. Il est né en velours côtelé, probablement. Il y a longtemps. Puis au gré des frottements contre le dos des sièges des autocars de la CTM (les plus exigus du monde, calibrés sur Pinocchio) ; de l'abrasion subie sur des chaises rêches ; sur des seuils en attendant que l'huis s'ouvre ; sur le trottoir, les jours de queue devant le commissariat de police, en attendant que la force publique consente à délivrer une carte d'identité ; contre les arbres du boulevard, les gradins du stade, les murs qui s'éraflent, découragés ; sur le bitume, si bagarre ou échauffourée... au gré de tout cela, le velours n'est plus du tout côtelé et à peine velours, on dirait un de ces tissus humbles dont on fait les torchons ; et c'est le pantalon des dimanches de Jilali.

Le gardicor se tourne vers un autre pèlerin.

« — Et toi, demande-t-il au natif de Fqih Ben Salah, quel nom Dieu t'a-t-il donné ?

« — Cherki, informe Cherki.

Bouchta le garde du corps examine attentivement la chemise dudit Cherki. Elle a voyagé, c'est indubitable. On peut lui supposer une vie aventureuse, sortie d'un métier à tisser contemporain des Hittites, tombant net sur des croupes assyriennes, au début, puis, peu à peu se dégradant, refilée de l'un à l'autre dans le grand mouvement de migration vers l'Ouest, débarquant un jour d'un boutre ou d'une felouque, elle et un mille de ses sœurs, prisonnière des corsaires, jetée en vrac à même le sol sur des souks illégaux, raflée par un spéculateur, qui le lendemain s'aposte dans une venelle obscure pour la vendre avec profit (« Elle vient de l'Allemagne, mon frère ! ») et c'est Cherki qui l'acquiert, ému, songeant à l'effet qu'elle fera, cette belle chemise juste un peu usée, sur la petite Najla, lorsqu'il l'arborera à la grande fête où il se trouve présentement, l'œil du gardcor rivé sur lui. Lequel gardcor redouble de sanglots en comparant, par un mouvement de va-et-vient de ses rétines, la loque de Cherki et la liquette de Bennani, griffée par un couturier parisien, apportée ès lieux par Airbus arrogant, déballée le matin même de son emballage de papier soyeux par une soubrette aux yeux baissés, repassée (la liquette) même si ce n'était pas la peine. Bouchta répète, larmoyant :

«— Vous êtes des fils du peuple... Comme moi. »

Bennani, comprenant que tout part en qu'nouille, s'arrache de son promontoire et vient d'autor' prendre la loque humaine par le bras pour l'entraîner vers la lumière des avenues. Rien à faire : l'homme se dégage d'un geste, saisit son maître à la gorge et hurle :

«— Mais toi ! Toi ! T'es pas un fils du peuple, toi ! »

Choc ! Les masques tombent. La troupe fraternise. Camarades, la crosse en l'air ! Marvin Gaye se tait : ce sont les lendemains qui chantent. *El pueblo, unido...* La banderole ouvrière claque au vent – elle prend maintenant tout son sens – le sens de l'Histoire. Le patron de la salle a disparu : il est sans doute allé alerter la police. Nous autre taupins, nous regardons la scène, exorbités, à force. Tant d'événements ! Le *bodyguard* braille dans le visage du ci-devant, l'arrosant copieusement de ses postillons et de sa haine de classe, qui vient tout juste d'éclore :

«— J'vais t'faire la peau ! »

Le ci-devant prend ses jambes à son cou, les mains bizarrement agrippées aux pans de sa jaquette, on dirait un dindon diligent, il franchit la porte et court vers la BMW. Le garde-corps le suit, Achille aux pieds légers, et nous sur ses talons. Le reste, la mise à mort, l'estocade, se fait en un clin d'œil. Pif, paf… Chuintement du tissu noble de la chemise… Clac de la montre de collection qui éclate sur le pavé… Bennani gît sur le trottoir, le nez éclaté, se tordant de douleur. Le gardkor s'éloigne dans la nuit, la tête rentrée dans les épaules, le pas souple. Il a cessé de pleurer, seuls des reniflements hautains rappellent ses épanchements de tantôt. Il se retourne et de loin nous lance d'une voix mâle et qui ne tremble plus :

« — Adieu, les gars ! Bouchta vous salue ! »

C'est bien « Bouchta » qu'il avait dit.

Il n'était plus « le garde du corps » de personne.

C'était un homme libre.

L'invention de la natation sèche

Au *Café de l'Univers*, nous étions six, assis, à observer le va-et-vient de nos concitoyens casablancais, par une belle après-midi indolente du mois de mai ; mais ç'aurait pu être ailleurs, un autre jour, d'autre gens. Ç'eût pu être Tunis, avril, le matin vif. Séoul, décembre, la nuit, tous allongés. En revanche, ce que nous narra Hamid, ça, c'était de l'inouï et de l'unique. Il n'avait dit mot depuis une heure. Taiseux, méditant. Perdu dans le labyrinthe de ses neurones. Un pèlerin nous avait demandé le chemin de la cathédrale et cela avait entraîné des complications bibliques. Quand la poussière fut retombée et l'homme en allé, Hamid, enfin, s'ébroua, ouvrit la bouche et se mit à parler. Il commença par donner une caractérisation des Marocains, en vrac.

— Nous sommes, dit Hamid (il fit une pause), nous sommes (il avala une gorgée de café), nous sommes (il reposa sa tasse) un peuple *inventif*.

Il avait mis les italiques au mot. Nous l'examinâmes donc avec attention. Puis nous exigeâmes, silencieux, des *preuves* (nous savons, nous aussi, mettre des italiques). Confronté à ce mur mutique, ce mur murant, Hamid n'eut d'autre alternative que d'*élaborer*.

— Je dis cela car, pendant que vous étiez aux prises avec ce pèlerin coriace, je me suis souvenu d'une étrange affaire qui se passa dans les années soixante-dix du côté d'El-Jadida. Voilà de quoi il s'agit, ou plutôt comment tout cela commença : une circulaire du ministère de l'Éducation nationale, une circulaire couchée dans le style pompeux qu'on affectait alors, et en arabe classique s'il vous plaît, la langue de Jâhiz et de Moutanabbi, une circulaire atterrit un jour, comme une feuille morte tourbillonnante, sur le bureau de tous les chefs d'établissement…

— Ils avaient tous un seul bureau ?

Hamid, haussant les épaules, ignora l'interruption de Khalid.

— … une circulaire leur indiquant qu'une nouvelle discipline était inscrite au programme de l'épreuve de sport du baccalauréat : la natation !

Une gorgée de café, aspirée bruyamment, ponctua cette révélation qu'on pressentait lourde de conséquences – mais lesquelles ? L'eau en cage, en mètres cubes, a-t-elle jamais menacé quiconque ? (L'eau lourde, peut-être ?) Empoisonnement par le chlore ? Piqûres de méduses égarées ? Les amibes ? Nous nous égarions en conjectures aquatiques. Hamid, la molécule de caoua ingérée, reprit le fil de son récit.

— La circulaire concluait ainsi, comminatoire : il fallait prendre toutes les dispositions pour que ceux parmi les candidats qui allaient choisir cette discipline au baccalauréat, cette discipline nouvelle donc, pussent le faire dans les meilleures conditions. Avec l'assurance de ma meilleure considération, etc., etc. Signé : monsieur le ministre de l'Éducation nationale. Suivit (j'imagine) un moment d'abasourdissement. Puis les chefs d'établissement se prirent la tête à deux mains…

— … dans leur bureau unique ?

— … se prirent la tête à deux mains (enfin, je le suppose car je ne les ai pas vus), et un seul rugissement s'éleva dans l'azur introublé qui fait les ciels paisibles d'El-Jadida : QUOI ?

Ali crut bon de semer son grain de sel dans l'affaire. S'insurgea :

— Holà ! Ça m'étonnerait qu'on puisse rugir en prononçant le mot « quoi », qui est d'ailleurs un pronom. Tout juste pourrait-on caqueter ou croasser en le prononçant.

Jamal :

— Ou alors le couiner. On peut couiner « quoi ».

Hamid secoua la tête.

— Imbéciles. On peut rugir tous les mots du dictionnaire. On peut les feuler, les braire. Tout est dans l'intonation, le timbre, le souffle.

— *Turlututu, pipi, hip hop* : y a plein de mots qu'on ne peut pas rugir. Encore moins feuler ou braire.

Nagib claqua des doigts, comme s'il avait résolu une énigme particulièrement coriace.

— Je comprends maintenant pourquoi les lions ont un vocabulaire si réduit : ils ne peuvent quasiment rien rugir. Cela dit, on ne voit pas vraiment où un lion pourrait placer « turlututu, pipi, hip hop » dans la conversation. Le soir, dans la savane.

Hamid mit fin à ces élucubrations en tapant un grand coup sur la table.

— Vos gueules ! C'est mon histoire, laissez-moi la raconter ou alors je me tais et je n'ouvrirai plus jamais la bouche !

— Oh là là… Qu'est-ce qu'il s'énerve, lui… Allez, raconte, raconte.

Hamid reprit le fil de sa narration.

— Si les chefs d'établissement se prirent comme un seul homme la tête entre les mains, s'ils rugirent QUOI ? comme un seul fauve, c'est parce que avec leur sagacité coutumière, ils avaient immédiatement vu le problème, *ze big* problème, qui était…

Il s'interrompit pour se baisser et caresser le chat, nous laissant mijoter dans notre moite curiosité. Puis il se redressa et reprit, la voix caverneuse, l'œil tragique, l'index dressé comme s'il révélait enfin le troisième secret de Fatima :

— … qui était l'absence regrettable, déplorable mais néanmoins irréfutable de la moindre piscine à El-Jadida !

Boum ! *C'était donc ça.* Nous entrions de plain-pied dans le tragique, les complications, la onzième dimension. Il se pencha sur nous tous, ce qui constituait une sorte d'exploit puisque nous étions cinq (lui non compté) et qu'il lui fallait donc se transformer en le barycentre d'un hexagone :

— Rien ! Nib de nib ! Pas d'piscine ! Que dalle (c'est le cas de le dire) !

Nagib fronça les sourcils :

— Mais attends… Je me souviens vaguement de cette époque, j'étais môme, mais… Y avait pas une piscine au camping que gérait le mari de Mme Muñoz ? Je veux dire son deuxième mari, le Marocain, comment s'appelait-il ?

Le temps suspendit son vol pendant que nous cherchions tous les six comment diable s'appelait le mari (marocain) de Mme Muñoz.

— Tarik ? Abdelmoula ? El Haj ? Abdallah ? Maati ? Miloud ? Robio ? Driss ? Lgouchi ? Bouazza ? Mohamed ? El Ghoul junior ? Hassan ?

Un quart d'heure s'écoula avant que nous nous mettions d'accord sur le fait que nous n'avions jamais su comment s'appelait le mari (marocain) de Mme Muñoz. On le voyait parfois dans la villa d'icelle, il arrosait le jardin, jouait avec le chien, fumait une cigarette, entrait, ressortait… C'était un type anonyme, semblait-il, ou s'il en avait un, de nom, jamais il ne nous fut dévoilé, car toute son essence se réduisait à ceci : il était le mari (marocain) de Mme Muñoz et cela suffisait à le dénommer, comme tous les hommes qui se confondent avec un exploit – l'homme qui a vu l'ours, l'homme qui a battu El Gourch à bicyclette, etc. Car Mme Muñoz était belle et riche, comme toutes les Françaises, et alors expliquez-moi comment un p'tit gars d'El-Jadida avait réussi à remplacer dans son cœur et dans son lit son premier mari, Français donc beau et riche ? C'était un exploit au moins aussi homologable que celui de l'homme qui avait battu El Gourch (à bicyclette).

— Anonyme ou pas, reprit Nagib, ce type-là gérait le camping, non ? Et y avait une piscine dans ce camping, non ?

— Oui et non, répondit Ali.

— Comment ça, oui *et* non ? C'est quoi, cette logique ?

— Y en avait une, de piscine, dans les guides et dans le panneau à l'entrée de la ville ; y'en avait une dans la rumeur, l'ouï-dire et le souvenir. Mais il n'y en avait pas sur place, là où elle aurait dû être : elle avait été comblée par les gérants précédents, les Révolle, qui avaient plein d'enfants et craignaient que l'un d'eux ne tombât dedans.

— Mais elle restait, malgré tout, indiquée dans le panneau ?

— Les touristes qui, une fois garés dans le

camping, une fois enfilé le slip de bain, une fois poussé quelque cri de joie (par anticipation), cherchaient en vain le bassin où se rafraîchir l'avaient mauvaise, mais bon, le mari (marocain) de Mme Muñoz leur montrait le chemin de la plage, immense et vide, et ils allaient en masse se noyer dans l'Atlantique.

Hamid, glacial, murmura :

— Ça va ? On oublie le mari innommé de la mère Muñoz ? On oublie les Révolle et leur camping non réglementaire ? Je peux continuer ?

— Ouais, ouais, non, non, va-z-y.

— Donc : absence de la moindre piscine à El-Jadida. D'où le problème (à l'époque, on disait « problème », pas « souci » comme maintenant), d'où le blème : comment obéir à la circulaire de Rabat ? C'est alors que Hammou, le directeur du lycée Abou-Chouaïb-Doukkali, eut une idée de génie. Après avoir désespéré pendant toute une journée, comme tous ses homologues, après avoir envisagé la démission, le refus d'obtempérer, l'alcool, il reprit le courrier de Rabat sur son bureau, l'approcha de son œil – le bon – le relut avec attention, et puis (j'imagine) un sourire éclaira sa face de pirate, son œil brilla et il se dit : hé, hé !

— Voilà un homme éloquent.

— Hé, hé, répéta-t-il, n'ayant pas les moyens de hurler « eurêka ! », hé, hé, répéta-t-il ; car il avait remarqué un détail qui changeait tout : la circulaire du ministère évoquait la natation, mais ne précisait pas la natation *dans l'eau*.

Émoi intense au *Café de l'Univers*. Nous nous regardons, interloqués. Après quelques instants de flottement, si l'on peut dire, Ali résume notre stupéfaction :

— La natation *dans l'eau*... Tu en connais d'autres ?

Hamid hocha très lentement la tête, les yeux immobiles, le souffle à peine perceptible, comme une tortue qui sait quelque chose que tu ne sais pas. Il se racla la gorge et demanda, socratique :

— La natation, c'est quoi, au fond ?

— Justement, il ne faut pas qu'elle se déroule au fond, avança Nagib : il faut rester en surface.

— Sombre idiot ! Quand je demande « La natation, c'est quoi ? », je le fais de façon rhétorique. Je n'attends pas qu'on me réponde, je réponds moi-même. Et je dis ceci : la natation, c'est d'abord *des mouvements*. Des mouvements ! Oui, messieurs ! C'est bien pour cela qu'on dit : « des mouvements *natatoires* ».

Hamid se leva à demi sur son siège et sembla pris de convulsions. Inquiets, nous cherchâmes le Maure des yeux, qu'il aille vite quérir un médecin, ou, à défaut, le rebouteux du coin, ses herbes et ses lézards séchés. Puis nous comprîmes que Hamid était en fait en train d'esspliquer quelque chose – comme le philosophe qui prouve le mouvement en marchant, Hamid prouvait la natation en nageant dans l'air («mordoré») de Casablanca.

— Tout l'art du nageur, disait-il en gesticulant furieusement, consiste à enchaîner les mouvements idoines. Le buste, les jambes, les bras : tout bouge et de façon coordonnée. Harmonieusement. C'est le nœud de l'affaire : y a qu'des gestes. La propulsion ? Eh bien, la propulsion, ce n'est rien, mes amis. *Elle vient de surcroît.*

Nous considérâmes un instant cette proposition. Ali déclencha la riposte.

— Attends… Si la propulsion vient de surcroît ; si, en d'autres termes, elle n'est que secondaire dans l'art du nageur, comment se fait-il que les compétitions se décident sur l'ordre dans lequel les athlètes arrivent à bon port ; le plus rapide gagne ; donc la propulsion, c'est ce qu'il y a de plus important.

— Faux : il est scientifiquement prouvé que c'est la *qualité* des mouvements qui assure la propulsion : celle-ci ne vient donc que de surcroît. Regarde les bouseux qui flottent le dimanche à Sidi

Bouzid : la plupart pratiquent la nage dite « du chien », qui consiste en gros à faire plein de mouvements désordonnés, du moment qu'on arrive à tenir la tête hors de l'eau. Ces gueux n'avancent pas d'un centimètre. Tu peux continuer ta conversation avec eux, toi sur la plage, eux dans l'eau : au bout d'un quart d'heure, ils sont toujours là, à frétiller et à te raconter le *moussem* de Moulay Abdallah. Tandis que les rares qui arrivent à imiter le crawl, ou la brasse, eh bien, ils finissent quand même par s'éloigner. Je le répète : la natation, c'est d'abord *des mouvements*.

Nous n'étions pas convaincus.

— Bon, on est convaincus. Et alors ?

— Et alors, Hammou, le directeur du lycée Abou-Chouaïb-Doukkali, décida d'organiser les épreuves de natation dans la cour de son lycée. Pas dans l'eau, puisqu'il n'y en avait pas, mais *sur du sable*.

Ce fut une seule exclamation au *Café de l'Univers* :

— QUOI ?

Hamid, imperturbable :

— Parfaitement ! Du sable ! Il suffisait d'en apporter en quantité suffisante, de le déposer dans la cour en un grand rectangle réglementaire : vingt mètres sur dix. Et vogue la galère ! Enfin, si j'ose dire… « Et s'ensable le galion ! » serait une métaphore plus adéquate.

Nous étions estomaqués.

— C'est fou ! On ne se souvient plus du tout de cette histoire. Tu es sûr qu'elle s'est passée à El-Jadida ? C'est pas toi qui l'as inventée ?

— Elle est parfaitement authentique. C'était avant *votre temps*.

— Ah ouais, alors bon, d'accord, ouais.

— Donc Hammou appelle ses collègues et leur donne rendez-vous dans ce café qui était situé à côté du théâtre municipal, çui qui tombe en ruine aujourd'hui mais qui eut son heure de gloire. Mon père y a vu Jacques Brel chanter…

— On peut « voir » un type chanter ? C'est pas plutôt « mon père y a *entendu* Jacques Brel chanter » ?

— Tu traites mon père d'aveugle ? Il a payé ses cinq dirhams, il était au deuxième rang derrière les Corcos, le gouverneur et Mme Dufour, et il a vu, de ses yeux vu, Jacques Brel chanter. Mais qu'est-ce que vous avez à m'emm… avec Jacques Brel ? Moi, je parlais du café qui était situé à côté du théâtre municipal…

Interruption de Ali :

— Ah oui ! Ça s'appelait *La Marquise* ou *La Duchesse* ou une niaiserie de ce genre mais tout le monde disait « chez Dadouchi » vu que le patron s'appelait Dadouchi. D'ailleurs, même après sa mort, on disait toujours « chez Dadouchi » alors qu'un dénommé Bouchta avait repris le café, qui s'appelait officiellement *La Marquise* ou *La Duchesse* – mais on a continué à dire « chez Dadouchi » – ce qui était assez macabre vu que le bonhomme reposait au cimetière municipal.

— Bizarre. On désignait ce lieu par un nom qui n'avait plus rien à voir avec lui ? Y a pas un problème philosophique, là ?

Hamid se leva et fit semblant de s'en aller.

— Bon alors, si mon histoire ne vous intéresse pas…

— Non, non, reste. On ne dira plus rien.

Hamid grogna, pour la forme, chassa le chat puis se rassit.

— Donc, Hammou explique son idée à ses homologues chez Dadouchi. Tous trouvent l'idée ingénieuse. On le congratule, on lui promet des gueuletons chez les grilleurs de *kefta*, on épouse sa fille sur plan. Ils sont tous heureux. Tous, sauf un : le directeur du collège Ibn-Khaldoun, un certain Tijani. Tijani avait un problème, disons un problème de luxe : une belle pelouse, héritage du Protectorat, ornait la cour de son établissement. Il en était très fier et s'en occupait avec la maniaquerie d'un Anglais, les ciseaux de manucure à la main, l'arrosoir en *stand-by*. Pas question, rugit-il au beau milieu de *La Princesse* (c'est comme ça que s'appelait le café de Dadouchi, et pas du tout *La Marquise* ou *La Duchesse* comme le prétend Ali), pas question, rugit-il, de déverser des tombereaux de sable sur cette merveille qui constitue à peu près le seul espace vert de la ville ! Ses collègues haussent les épaules. Il s'obstine : on se passera du quartz et de la silice ! « Et comment vas-tu accomplir ce miracle ? » le moquent ses collègues – qui ont déjà oublié que nager dans le sable n'est pas non plus très commun – on s'habitue très vite. « Vous verrez ! » lance-t-il, mystérieux. Et il les plante là, dans *La Princesse* ébahie. Le lendemain, à la première heure, il demande à un de ses élèves, genre souple, genre mou (pour ne rien abîmer, vous allez comprendre), il lui demande d'essayer de nager sur le gazon ; l'élève ne comprend pas : pourquoi cette brimade ? Il n'est pas plus dissipé qu'un autre ; Tijani lui essplique que ce n'est pas une punition, mais un projet ultrasecret ; y a la Nasa ? demande l'élève ; et même la CIA, le pousse Tijani dans l'herbe ; l'élève se contorsionne, ahane et se meut, ô miracle ; prouvant ainsi que c'était *faisable*, comme l'avait subodoré le directeur, qui maintenant se frotte les mains pendant que le lombric rampe encore. Le soir même, au café qui jouxte le théâtre municipal et qui se nomme, je m'en souviens à présent, *La Royale* et non *La Princesse*, le soir même, Tijani annonce à ses collègues que ses élèves vont s'entraîner sur l'herbe verte, don de Dieu.

— Pourquoi, « don de Dieu » ? Le sable aussi a été créé par Dieu.

— Ouais mais attends, tu ne vas pas comparer le sable et le gazon ?

— Pourquoi pas ?

— Mais… le gazon, c'est vert, c'est vivant, ça synthétise je ne sais trop quoi et ça boit de l'eau, enfin, m… quoi, c'est autre chose que le sable inerte et stupide, qui résulte de la dégradation de la roche.

— Certes. Mais *tout* est création divine, non ? Donc, pourquoi s'extasier et rugir « oh, le beau don de Dieu ! », à propos d'une cascade, d'un bel arbre ou d'un nuage et se taire en regardant un caillou ou en écoutant l'âne braire ?

— Je le répète : parce que le sable résulte de la *dégradation* du granit et autres roches. Or Dieu crée, il ne dégrade pas. C'est peut-être l'œuvre du Diable ou au moins de la Nature, qui ne vaut pas mieux, la vilaine. Tandis que la végétation, c'est l'exact contraire de la dégradation, de la pourriture…

(— Tu vas voir qu'il va nous parler des « structures dissipatives ».)

— … c'est comme les structures dissipatives…

— (Tu vois ?)

— … elles introduisent de l'ordre dans le désordre. On ne peut quand même pas mettre sur un même plan ce qui fout le bordel et ce qui ramasse après soi.

— En d'autres termes, Dieu n'a créé que ce qui est beau et ordonné ? Et qui donc a créé le laid, le désordre, le foutoir ?

— Le Diable, probablement.

— T'as de la chance qu'il fasse aussi chaud, sinon j'aurais réfuté tout ce fatras de bêtises.

Hamid attendit patiemment que passât l'orage théologique puis il continua son histoire comme si de rien n'était.

— Tijani annonce donc, debout, comme fiché dans *La Royale* stupéfaite, que l'épreuve de natation du bac, hein, n'est-ce pas, ses élèves à lui vont la passer sur l'herbe : il n'est pas question qu'il transforme en Sahara miniature sa belle pelouse, inaugurée en son temps par le maréchal Lyautey (va prouver le contraire). Silence dans les rangs de *La Royale*. Les autres chefs d'établissement froncent le sourcil, se consultent du regard – y a-t-il raison de râler, de s'opposer ? Non, décident-ils, et ils passent commande, qui un café, qui une bière. C'est alors que Hammou se dresse. Halte-là ! Hammou ne l'entend pas de cette oreille. Qu'est-ce que c'est que ce binz ? Dressé face à Tijani – on dirait deux cow-boys à la fin du film –, il énonce ce que je propose de nommer dorénavant le théorème de Hammou : « Il est plus facile de nager sur le gazon que sur le sable. » L'affirmation claque dans

La Royale comme la conclusion d'une communication scientifique, juste avant le tonnerre d'applaudissements. Quelqu'un hasarde : « T'es sûr ? » Hammou n'en démord pas : « Il est plus facile de nager sur le gazon que sur le sable ! » Les candidats au bac qui allaient le passer chez Tijani allaient donc être favorisés par rapport aux autres. C'était inacceptable ! Le point d'exclamation valait veto.

— L'affaire se complique.

— La polémique éclate sur-le-champ. *La Royale* se divise en deux camps : à bâbord, ceux qui acceptent le théorème de Hammou. À tribord, ceux qui le réfutent *a priori* – on n'en est pas encore aux preuves. Les arguments s'élancent dans l'air comme un vol de gerfauts hors du charnier natal. Les pro-Hammou évoquent la viscosité du brin d'herbe et la rosée du matin; les pro-Tijani avancent la vertu roulatoire du grain de sable. Finalement, le doyen des chefs d'établissement…

— C'était qui ? Zerhouni ?

— … trouve la solution : il propose de faire appel à un spécialiste de mécanique des fluides. Abdeljebbar, son neveu, se trouvait être ingénieur diplômé de l'École Mohammedia d'ingénieurs et, à ce titre, il connaissait les équations de Navier-Stokes, lesquelles régissent, comme vous ne l'ignorez pas, la méca flu. On fit appel à Abdeljebbar, qui habitait à cinq minutes. Il vint. Prit connaissance du problème. Plissa les yeux. Fit la moue. Sortit un calepin de sa poche. Traça quelques courbes très élégantes. Et décida ceci : les résultats obtenus par natation sur sable doivent être multipliés par un facteur 1,2 pour pouvoir être comparés à ceux obtenus sur gazon. Encore tout cela dépend-il de la qualité du sable et de l'hygrométrie ambiante, mais bon, si l'homme tenait compte de toutes les variables et de tous les paramètres pour résoudre un problème, on serait encore à l'âge des cavernes.

— Problème résolu.

— Non. Le chef d'établissement de Lalla Zahra, un certain Zniga, entra en scène. Ne disposant ni de sable ni de gazon, Zniga proposa d'ajouter le gravier dans la liste des substituts de l'eau. Il le fit trop tard, alors que tout le monde avait admis le sable, le gazon et le coefficient 1,2.

— Du gravier ? Ce n'est plus du sport, c'est de la torture.

— C'est ce que décida *La Royale* unanime : Zniga fut désavoué. (Je dis ceci entre parenthèses : c'est peut-être ce jour-là que commença la chute de Zniga. « Désavoué par ses pairs », comme l'écrivit le correspondant local du *Matin*, il s'enferma dans un silence morose, qui dégénéra en une sorte de dépression nerveuse et il finit par assassiner deux notaires, quelques années plus tard. Mais bon, ceci est une autre histoire.) Donc tous les lycéens d'El-Jadida commencèrent à préparer cette étrange épreuve de natation qui promettait des surprises, peut-être même des records du monde : de lenteur, bien entendu, mais c'est toujours bon à prendre. Le jour venu, tout se passa très bien. Pas question de plonger, bien sûr. Les uns sautèrent dans le sable, les autres enjambèrent une petite clôture et se retrouvèrent sur le gazon…

— Ce qui est moins grave que se retrouver sur la paille.

— … les uns et les autres se mirent à nager avec application et, à la fin de la journée et en tenant compte du coefficient 1,2 imposé par Abdeljebbar, tout le monde avait sa note.

— Tout est bien qui finit bien.

— Presque. Car il y eut le cas Talal. Vous vous souvenez de Talal ? Qu'on surnommait Bouboule, parce qu'il était très gros ? Talal était un garçon sans histoire, sans importance collective, tout juste un individu. Sa mère était invisible, ses frères insignifiants, ses sœurs inexistantes, son chat peureux. Son père n'était pas grand-chose, vague greffier au tribunal de première instance, ou quelque chose du même tonneau, ou peut-être même pas, peut-être s'en donnait-il seulement l'air, à courir dans les couloirs du tribunal, affairé, pressé, le jabot en bataille, comme ces types qui se disent médecins pendant vingt ans et dont on découvre un jour qu'ils ne savent ni lire ni écrire. Mais ce greffier, vrai ou illusoire, le père de Talal donc, gardait dans son portefeuille un document de la plus haute importance. Devinez quoi, amis ?

— Le plan de l'île au trésor ?

— Le schéma de la bombe atomique ?

— La liste ?

— Non, bande d'ânes. (Quelle liste ?) Ce qu'il gardait précieusement dans son portefeuille, c'était un rectangle de quelques centimètres de côté : une carte de visite. Mais attention ! Pas n'importe laquelle ! C'était…

Il se recula sur sa chaise et nous engloba dans un regard où brillait la commisération (car *nous ne savions pas*).

— C'était la carte de visite du cuisinier du Roi !

Commotion générale.

— N'oublions pas que cette histoire se passe au début des années soixante-dix. Tout ce qui se rapporte, de près ou de loin, au Palais fait trembler d'effroi le vain peuple. Le type qui range les boutons de manchette de Hassan II a plus de pouvoir qu'un ministre. Celui qui fait briller ses bottines commande aux généraux. Alors, son cuisinier ! Je ne sais comment l'évanescent greffier s'était procuré cette carte de visite mais il laissait entendre que le maître queux était un sien cousin et, du coup, ce bristol qu'il n'exhibait qu'en de rares occasions lui conférait un prestige infini. On ne plaisantait pas avec le père de Talal.

— Justement, revenons à Talal…

— J'y venais. Donc, le jeune Talal saute dans le sable, se déploie dessus comme une tarentule obèse, nage tant bien que mal, mais – catastrophe ! – voilà qu'il s'évanouit à quelques mètres de la corde qui symbolise le bord de la piscine. Coup de soleil ? Épuisement ? Aboulie ? On ne sait. Ses condisciples, sur la terre ferme, crient, le hèlent, l'encouragent… Rien à faire, on dirait un gisant de marbre retourné par un coup de vent. Talal gît. Talal ne se meut. Son professeur, n'écoutant que son courage, se jette au sable et repêche le pauvre garçon. Le voici au milieu de la cour, réveillé par quelques taloches vigoureuses. « Où suis-je, qui suis-je, etc. » Le soir, à la maison, il se repose, entouré par l'affection de sa mère invisible, de ses frères insignifiants, de ses sœurs inexistantes et de son chat qui a foutu le camp, effrayé. Son père entre et lui annonce froidement qu'il a eu zéro à l'épreuve de natation. Affliction générale, les spectres ululent, l'insignifiance serre les poings, le félin redouble de pusillanimité. Mais que faire ? Aiguillonné par son paternel (qui tripote dans sa poche *la carte de visite*), Talal va au lycée, le lendemain, et dépose une réclamation. En substance, voici ce qu'il dit, subjonctifs inclus : « Si j'avais passé l'épreuve de natation dans l'eau, comme le font les peuples civilisés, et non dans le sable, je ne me fusse point échoué sur ledit sable et je n'eusse donc pas échoué à l'épreuve » – ce qui, soit dit en passant, est formulé avec une rare correction grammaticale. « Tu ne te serais pas échoué, triple buse, lui répond son professeur : tu aurais coulé à pic et tu serais mort. » Et il ajoute, hors de propos, comme le font souvent les professeurs : « D'ailleurs, un mammifère ne peut pas s'échouer sur le sable. »

Nagib s'indigne :

— Il a tort. Les baleines s'échouent sur le sable. Les baleines sont des mammifères.

— Non, ce sont des poissons.

(Suit une discussion oiseuse, qui a eu lieu à toutes les époques et sous toutes les latitudes, sur le fait de savoir *ce que les baleines sont* – alors que le peuple meurt de faim (à ce propos, une baleine, convenablement dépecée, serait la bienvenue (mais sont-elles *halal* ?)). Victoire de Nagib et de la science réunis : les cétacés sont des mammifères. Fin de la digression.)

— Bref, l'affaire remonte jusqu'au chef d'établissement. C'est un fait que Talal n'a pas fini sa course…

— Il l'a finie sur le sable, intervient Nagib.

— Mais il l'avait *commencée* sur le sable, rétorque Ali. À quel moment ces milliards de grains cessent-ils d'être sable pour devenir, métaphoriquement, le lieu où se perd l'aventure ?

Hamid hausse les épaules et continue sa narration.

— Le chef d'établissement pense à la carte de visite du greffier. Il sait qu'il est en terrain miné. Talal n'a pas fini sa course mais il y a peut-être moyen de s'arranger ? Il décide alors de donner une note au cachalot au prorata de son échouage…

— Échouage ?

— C'est le terme technique. L'échouage devient ainsi un échec *relatif*. Puisque Talal a parcouru les deux tiers du bassin, ou plutôt de la cale sèche, il aura la même note que ceux de ses condisciples qui étaient à sa hauteur au moment de son naufrage (si j'ose dire) – note diminuée cependant du tiers pour tenir compte du fait qu'ils ne sont pas évanouis en plein effort, eux. Je vous disais que nous sommes un peuple inventif. Et c'est ainsi que se termina toute l'affaire.

Hamid avait dit. Il avait même prouvé son assertion de départ. Au *Café de l'Univers*, tous les six, nous restâmes un long moment silencieux, par cette belle après-midi qui n'en finissait pas de mourir. Je ne sais à quoi pensaient mes amis et le chat. Moi, je fus saisi d'une grande émotion – les larmes me montèrent aux yeux et mon cœur se serra. Elle avait fui à jamais, cette époque bénie, où nous affrontions, imperturbables, les problèmes les plus absurdes que nous envoyait le sort. Je fermai les yeux… Je revis ces visages qui faisaient El-Jadida : le gouverneur, énigmatique ; le commissaire, divisionnaire ;

Mme Corcos, qui dirigeait une fois l'an les majorettes sur le boulevard ; Charef l'interprète assermenté, qui était d'origine algérienne (on le lui avait pardonné) ; le docteur Argyratos ; le patron de la boutique Bata ; le correspondant local du *Matin*. Nous étions une ville fière de son passé portugais et de son présent hybride. Nous ne doutions de rien, nous étions capables de tout – et même d'inventer la natation sèche. Mais où sont les sables d'antan ?

Le quart d'heure des philosophes

La porte de la classe s'ouvre. Amir et Sylvie entrent, un peu intimidés. Ils font quelques pas, regardent les murs, le tableau, les tables…

Amir *(murmure)*
Eh bien, me voilà… *nous voilà* de retour dans notre classe… Là où vous donniez vos cours de philo…

Sylvie *(elle l'interrompt)*
C'était bien celle-ci ? Tu en es sûr ?

Amir *(regarde autour de lui puis hausse les épaules)*
Celle-ci ou une autre… Elles se ressemblent toutes, au fond.

Sylvie *(elle va et vient dans la salle pendant qu'Amir s'assoit et la regarde)*
Non, pas vraiment. Moi, j'aimais bien les salles

où l'on enseignait la géographie. Les cartes colorées accrochées au mur, le globe terrestre sur le bureau… Ça faisait rêver. Encore que… Les cartes d'aujourd'hui ne comportent plus de zones blanches, des territoires inexplorés où personne n'avait jamais mis les pieds. Dans l'Antiquité, les cartes de l'Afrique portaient une seule indication : *hic sunt leones*. *(Elle rit.)* « Ici, il y a des lions ! » Mais il n'y a plus de lions au Maroc, hélas. Le dernier a été capturé en 1912… *(Elle se retourne vers Amir.)* Pourquoi souris-tu ?

Amir *(toujours souriant)*

Parce que vous voilà de nouveau partie dans un long monologue… Des digressions… Comme avant. On vous appelait d'ailleurs « la rivière qui déborde » plus souvent que « Mme Rivière, la prof de philo ».

Sylvie

« Mademoiselle », s'il te plaît. Je n'étais pas mariée.

Amir

Oui, mais nous, on vous appelait *Mme* Rivière. *(Il fait un geste désinvolte de la main.)* Madame, mademoiselle… On ne faisait pas la différence.

Sylvie *(rêveuse)*

Crois-moi, il y en a une. *(Elle rit nerveusement.)*

Je l'ai sentie passer… Hem ! *(Elle se reprend.)* Dis donc, « la rivière qui déborde », ce n'était pas sympa. Moi, je venais d'arriver de France, j'avais à peine vingt-cinq ans, je voulais tout vous apprendre. Vous aviez l'air d'oisillons qui attendent leur becquée… Enfin, pas tous… Il y avait aussi les glandeurs du fond, qui me regardaient sournoisement… qui avaient l'air d'être moins intéressés par Kant ou Bergson que par… *(Elle se croise les bras sur la poitrine.)* … par, comment disiez-vous ? Mes *nichons* ? *(Elle secoue la tête.)* Les glandeurs… Je me demande ce qu'ils sont devenus. Des sociologues, sans doute. *(Elle rit.)* Mais les autres, je voulais *tout* leur apprendre. C'était ça, mes *mo-no-lo-gues*, mes *di-gres-sions*, comme tu dis. Et la philo… eh bien, la philo, tout y entre, tout en fait partie ! *(Le doigt levé, sentencieusement :)* Même les maths ne sont qu'une branche de la philo !

Amir *(moqueur)*
Les maths ? Vous savez résoudre une équation différentielle, vous ?

Sylvie
Une quoi ?

Amir
Une é-qua-tion dif-fé-ren-tielle.

Sylvie
Ha, ha, très drôle. Malheureusement, les branches du savoir se sont scindées très tôt et on ne peut plus tout apprendre. Moi, j'ai fait de la philo dans le sens le plus restreint du terme.

Amir *(froidement)*
On ne saurait mieux dire.

Sylvie *(s'approchant d'Amir)*
C'est donc dans une salle comme celle-ci que ça s'est passé… Ce que tu appelles ton « compte à régler ». C'est bien ça, c'est bien cette expression que tu as utilisée hier ?

Amir
Oui. Comment dire ? Je ne sais pas où commencer. Le problème…

Sylvie *(l'interrompant)*
Pourquoi appelais-tu cela un « problème » ?

Amir
Mais peu importe comment on l'appelle ! « Problème », « question », « souci », comme on dit depuis quelques années. *(Ricanant :)* « Souci » ! C'est le nom d'une fleur… Y a pas plus mièvre ! On dirait qu'on a peur des mots. Qui a décidé que le mot « problème » faisait peur et qu'il ne fallait plus l'utiliser ? Sans doute un as du marketing…

Sylvie
Sans doute un des cancres d'autrefois…

Ensemble :
… devenu sociologue ! *(Elle rit. Il ricane.)*

Amir
Bref, le problème… Eh bien, c'est vous qui l'aviez posé.

Sylvie
Moi ?

Amir
Oui. Dès votre premier cours de philo. Ce fameux texte de Pascal… Je m'en souviens encore. « Quand je considère la petite durée de ma vie, absorbée dans l'éternité précédente et suivante… le petit espace que je remplis… abîmé dans l'infinie immensité des espaces que j'ignore et qui m'ignorent, je m'effraie et m'étonne de me voir ici plutôt que là… Il n'y a point de raison… Le silence éternel de ces espaces infinis m'effraie. »

Sylvie
Oui, c'est le passage le plus célèbre des *Pensées*. C'est beau, hein ?

Amir *(sursaute)*
Beau ? Beau ? ? Oui, mais moi j'avais seize ans ! C'était la première fois que… que je faisais de la

philo, que j'entrais en contact avec « la pensée ». *(Il a prononcé ce mot sur un ton grandiloquent.)* Pour moi, ce que vous disiez, ce n'était pas *beau*, c'était la vérité… Un continent nouveau qui s'ouvrait, comme si… comme si mes yeux se dessillaient…

Sylvie
Tu exagères !

Amir *(de plus en plus véhément)*
Mais non ! Vous, c'était votre métier, d'enseigner la philo. Vous veniez délivrer votre cours et vous repartiez. Mais moi, c'était… c'était autre chose. La pensée… Le doute ! L'angoisse qui s'installait ! « La petite durée de ma vie dans l'infinie immensité des espaces. »… Le temps de digérer ça et vlan ! Nietzsche me tombait dessus !

Sylvie *(moqueuse)*
Allons bon ! Nietzsche lui tombe dessus ! Il t'a fait mal ?

Amir *(hausse les épaules)*
C'est ça, moquez-vous…

Sylvie *(conciliante)*
Pardon… Mais de quel texte de Nietzche parles-tu ? Je ne me souviens pas d'avoir parlé de Nietzsche.

Amir
Mais si ! Cette histoire d'éternel retour !

Sylvie
Ah oui !

Amir *(agité)*
C'était quelque chose comme : « Un jour, ou une nuit, un démon t'éveillera et te dira : cette vie, telle que tu la vis, telle que tu l'as vécue, eh bien, il te faudra la revivre, dans tous ses détails, même les plus infimes ; toutes les joies, toutes les douleurs… chaque pensée, chaque soupir… selon la même succession, du début jusqu'à la fin. Le même enchaînement implacable ! Et puis il te faudra recommencer, encore et encore… Indéfiniment ! » Quelle angoisse ! Ce jour-là, je n'ai rien pu manger. Je n'en ai pas dormi de la nuit !

Sylvie *(ébahie)*
Dis donc ! Si j'avais su… Tu étais un adolescent très sensible, très influençable.

Amir
Et puis cette phrase de Pascal (encore lui !) que vous nous répétiez si souvent :
« Le dernier acte est sanglant… »

Sylvie *(complète la phrase)*
« … quelque belle que soit la comédie en tout le

reste : on jette enfin de la terre sur la tête, et en voilà pour jamais. »

Amir
« On jette enfin de la terre sur la tête… » Ça m'a déprimé pour la vie…

Sylvie
Tu exagères !

Amir *(la regarde intensément puis hausse les épaules)*
C'était comme un voile, une couverture grise qui me tombait dessus, qui tombait sur le monde. Elle m'a accompagné partout, cette couverture grise. Quand je suis allé en France faire mes études, elle était là. Quand je suis revenu, elle m'attendait, même sous le soleil.
Comme si j'avais bu un poison…

Sylvie
Un poison ?

Amir
Oui. Le poison de la philosophie…

Sylvie *(l'interrompant)*
Holà ! Tu parles comme dans ces pays où la philo est interdite… Parce qu'elle fait réfléchir et que c'est dangereux, la réflexion. Dangereux pour le pouvoir… Il vaut mieux que le peuple ne réfléchisse pas, qu'il

reste naïf, attaché à des dogmes qui lui commandent surtout l'obéissance. Que l'esclave obéisse sans poser de questions, c'est le rêve du maître. Mais la philo vient y mettre des bâtons dans les roues…

Amir *(l'interrompant à son tour)*
Mais il ne s'agissait pas de ça ! C'est *de la mort* que vous parliez tout le temps. C'était ça, la vérité ultime. « La vie n'est qu'un songe », disiez-vous…

Sylvie *(elle l'interrompt de nouveau)*
Ça, c'est Calderón de la Barca : « Qu'est-ce que la vie ? Une illusion, une ombre, une fiction… Toute la vie n'est qu'un songe, et les songes ne sont que des songes. »

Amir
Je pensais : « alors autant mourir ». Mais si c'est pour que tout recommence, éternellement, merci Nietzsche, quelle horreur ! J'étais coincé. Et Pascal, avec son « dernier acte sanglant »… J'ai passé des mois difficiles, à cause de vous.

Sylvie *(interloquée)*
À cause de moi ?

Amir
Oui !

Sylvie
Et c'est pour cela que tu tenais tant à revenir ici,

hier, quand tu m'as reconnue dans ce petit café, sur la côte ? C'est pour ça que tu m'as donné rendez-vous au lycée ? *(Un temps.)* Ce compte à régler, c'était… *c'est* donc avec moi ?

Amir
Oui.

Sylvie *(rit nerveusement)*
Si on était dans un livre d'Agatha Christie… Dois-je m'inquiéter ? *(Elle regarde vers la porte.)* Est-ce qu'un *constable*, ou un *moghazni*, va entrer et m'arrêter ? Pour t'avoir angoissé quand tu avais quinze ans ?

Amir
Non, non… Cela dit, il y a du vrai dans ce que vous dites. *(Il la fixe du regard.)*

Sylvie *(mal à l'aise)*
Bon, allez, assez joué, on s'en va.

Amir
Non !

(Il bondit vers la porte, la coince avec une chaise et se dresse devant, les bras coincés.)

Sylvie
Je ne trouve pas ça amusant. *(Elle se dirige vers la porte.)* Laisse-moi passer !

Amir
Non !

(Ils se toisent du regard.)

Sylvie *(tout contre lui)*
Laisse-moi passer !

Amir
Pas question !
(Il fouille dans la poche de son veston et en sort un revolver noir qu'il braque sur le visage de Sylvie.)

Sylvie *(elle recule et crie)*
Tu es fou !

Amir
Oui, je suis fou ! Fou, *crazy*, *loco*, *h'meq*… Mais la faute à qui ? J'étais tranquille, je ne demandais rien à personne… et puis, la philo… cette obsession de l'absurdité… de la mort que vous m'avez collée ! *(Il agite le revolver.)* Asseyez-vous !

Sylvie veut s'asseoir sur un banc.

Amir
Non ! Là-bas ! *(Il désigne le bureau du professeur. Elle s'assoit.)* Et maintenant, au travail ! Vous allez me rendre comme je l'étais avant de vous connaître…

Insouciant ! Niais. « Bête », si vous voulez. Comme tous ces gens qui ne se préoccupent pas de philo, qui croient paisiblement en Dieu ou en la Providence, que la mort n'obsède pas, ni ce qu'il y a après ! *(Elle garde le silence.)* Allez ! Parlez ! Maintenant on va finir le cours. Ou on va dé-tri-co-ter tout ça. Rendez-moi bête ! Je veux être bête !

Sylvie *(sarcastique)*
Tu es déjà fou, c'est un début.

Amir
Ha, ha, très drôle. Mais qu'est-ce que la folie, hein ? Voilà encore un sujet de philo. Allez, on commence. *(Il agite le revolver.)* Allez ! Rendez-moi bête ! Débarrassez-moi de la hantise de la mort. *(Il hurle.)* Allez !

Sylvie *(effrayée)*
Bon. *(Hésitante)* Mais tu te trompes sur tout. Certes, « la philosophie, c'est apprendre à mourir… »

Amir *(l'interrompt, agacé)*
Non, ça, je connais déjà. Je ne veux pas apprendre à mourir, je veux redevenir un enfant. Ou une bête. Ou les deux. Je veux revenir aux temps d'avant la philo. Mes parents, ma famille, tout le monde dans ce pays – ils font quelques vagues prières tous les jours, ils jeûnent quand il le faut, donnent une pié-

cette au mendiant qui passe – moyennant quoi, les voilà sereins et tranquilles. Ils iront au Paradis, ils en sont sûrs. Moi, je *suis* en Enfer. Tous les jours ! À cause de la philo.

Sylvie *(furieuse)*
Mais c'est idiot ! C'est exactement l'inverse. La philo t'apprend à vivre en t'apprenant à mourir : les deux vont de pair. « Nous qui mourrons un jour, disons l'homme immortel au foyer de l'instant. » C'est clair, non ? *(Amir secoue la tête.)* « Nous qui mourrons un jour, disons l'homme immortel au foyer de l'instant. » C'est de Saint-John Perse…

Amir
Continuez.

Sylvie
D'autre part, Épictète l'a bien dit. Quelque chose comme : « Je ne peux craindre la mort car tant que je suis là, elle n'est pas là. Et quand elle sera là, je ne serai plus là. *Donc*, je ne rencontrerai jamais la mort. *Donc* je ne dois pas avoir peur d'elle… »

Amir
Continuez.

Sylvie
Mais qu'est-ce qu'il y a de plus à dire, après cela ? Faut-il encore citer ? « N'aspire pas, ô mon

âme, à la vie immortelle. Mais épuise le champ du possible. » Pindare disait cela cinq siècles avant Jésus-Christ… Ou bien Valéry : « Le jour se lève, il faut tenter de vivre ! » Ou bien faut-il que je t'explique de nouveau le mythe de Sisyphe ? On a dû le faire en classe, non ? Tu connais quand même les derniers mots de l'essai de Camus : « Il faut imaginer Sisyphe heureux. »

Amir *(véhément)*
Oui, mais tout ça, ça vient après ! Après le doute instillé par la philo, après l'angoisse de la mort. Après que l'absurde s'est installé au cœur… au cœur de ma vie, de mon existence. Je veux revenir à l'innocence d'avant… d'avant vos cours de philo !

Sylvie
Alors, si c'est ça que tu veux, ce n'est pas la peine. Il n'y a pas de retour en arrière. On ne peut pas *désapprendre*. C'est impossible.

Amir
On ne peut plus revenir en arrière ?

Sylvie
Non.

Amir *(lentement, sourdement)*
Mais je pourrais dépasser l'angoisse… Je pourrais m'engager pour une cause plus grande que la

vie, plus grande que la mort… Aller me faire exploser en Irak ou en Afghanistan !

Sylvie *(sarcastique)*

C'est malin, ça. Donner sa vie par peur de la mort ! Tu as déjà entendu parler de Gribouille ? Qui se réfugie dans une mare pour échapper à la pluie ?

Amir *(éclate)*

Mais alors, qu'est-ce qu'il reste, face à l'angoisse de la mort ?

Sylvie *(se lève, fougueuse, fait des gestes passionnés les bras tendus)*

Mais je viens de te le dire ! « Disons l'homme immortel au foyer de l'instant. » Cueillir l'instant ! *Carpe diem !* Tenter de vivre ! Il faut imaginer Sisyphe heureux !

Amir *(Pendant qu'elle parle, il a levé lentement le pistolet et l'a porté à sa tempe. Sylvie ne s'en est pas aperçue.)*

Peut-être… Mais on peut aussi en finir tout suite. Pas la peine d'attendre que le rocher dégringole. Et tant pis si tout recommence.

Sylvie *(Elle se tourne vers lui et se précipite pour l'empêcher de tirer.)*

Non !

Amir
Adieu, monde absurde !

(Il tire. Il a la figure inondée d'eau. Il éclate de rire et « tire » sur Sylvie, à son tour inondée d'eau.)

Sylvie *(furieuse)*
Imbécile ! Qu'est-ce que c'est que cette… cette… comédie !

Amir *(hilare)*
La vie est un songe, le flingue est un pistolet à eau. « Le monde entier joue la comédie. » C'est de Pétrone… Sartre n'a pas dit autre chose avec son histoire d'en soi et de pour soi. Vous voyez que j'ai continué la philo, même après.

Sylvie *(toujours furieuse)*
Je ne comprends pas. Pourquoi toute cette mise en scène ?

Amir *(très calme)*
« Mise en scène » ? C'est exactement ça, c'est vraiment le mot ! J'ai mis en scène le malaise, l'angoisse, où vous m'avez plongé, il y a dix ans. Et maintenant, nous sommes quittes. Le compte est réglé. Je suis mort et vous aussi. Nous pouvons enfin vivre.

Sylvie *(Elle débloque la porte et s'en va en criant.)*
Imbécile !

Amir *(passe la tête par l'entrebâillement de la porte.)*
Philosophe ! Va donc, hé, philosophe ! *(Il se tourne vers le public.)* Elle ne m'a même pas demandé ce que j'étais devenu.

(Une voix s'élève du public :)
Et qu'est-ce t'es dev'nu ?

Amir
Prof de philo, bien sûr !

Il salue profondément.

La nuit d'avant

Il se réveilla d'un mauvais sommeil, peuplé de djinns et de démons, et la première chose qu'il vit, avant même d'avoir pu murmurer «*staghrifoullah*», fut un gnome – et ce gnome, qui ressemblait à son fils, tenait entre ses mains une pancarte sur laquelle s'étalait un seul mot : *liberté*. L'enfant (ou le nain ?) se mit à parler – c'était étrange, sa voix était celle d'un adulte. Mais que disait-il ?

— Père… et *ma* liberté ?

Pourquoi me nommes-tu père…, voulut demander Omar, contrarié, mais les mots ne vinrent jamais : le visage du gnome venait de subir la plus subtile des transformations – il était et n'était plus son fils, comme oscillant entre deux faces, l'une perdue, l'autre retrouvée. Que signifiait ce mystère ? Omar voulut poser la question à sa femme, qui venait de se matérialiser à côté de lui – ou devant lui ? Quel était ce prodige ? Il la voyait en clair-obscur, à la fois de face et de profil, il la voyait comme jamais il ne l'avait vue – mais l'avait-il jamais regardée ? Il lui sembla que c'était une étrangère qui se tenait là, quelque part, dans son espace vital. Oserait-elle seulement respirer ? Elle fit mieux : elle l'apostropha. Sa bouche à lui s'ouvrit comme une outre. Elle m'apostrophe ! Je ne suis même pas certain de ce que ce mot signifie, mais c'est sans doute ce qu'elle fait – ce qu'elle ose faire – et c'est sans doute ce qu'on appelle « les signes de l'heure ». L'Heure approche, les tombeaux seront fouillés, la terre vomira ses entrailles... Cette femme, qu'une *fat'ha* m'accorda dans une maison obscure, un lundi bleu ou peut-être était-ce un vert vendredi, ose m'adresser la parole. Que dit-elle ? Je lui réglerai son compte plus tard. Pour l'heure, écoutons.

— L'homme, je veux être libre.

Où est ce maudit gnome ? Omar baissa les yeux et vit un enfant qui le regardait, les yeux grands ouverts, comme emplis d'eau limpide. Et l'enfant répéta ce mot scandaleux de « liberté », puis il leva la main et présenta sa paume à son géniteur : le mot impie s'étalait dessus, tracé avec de la cendre.

La servante ! La bonne ! Apporte-moi une ceinture, un gourdin. J'ai affaire importante : je dois corriger femme et enfant. Ils s'adressent à leur seigneur et maître sans qu'on les y ait autorisés – les ai-je seulement convoqués ? Qu'est-ce que c'est ? Le début d'une délibération ? Mais je ne délibère qu'avec mes pairs – je n'écoute que le *cheikh* – et lui n'entend que Dieu. Voilà la chaîne sacrée. Un seul maillon cède et c'est la discorde, le fil rompu, le texte dévidé. C'est l'ordre qui fait le monde se tenir droit, on m'en a instruit dès l'enfance, sur la natte tressée, dans le balancement du corps dans lequel entre, vague après vague, le savoir qui élève les murs et dresse la cité vertueuse – où l'espace est celui des hommes. Holà, la servante ! Les étrivières ! Mais qu'est-ce… La voici qui entre, silencieuse, mais volubile dans le geste, son petit poing dressé – ce corps mou sait se roidir ? Et, mais c'est une manie, mais elle aussi, mais… elle brandit une pancarte. Omar se penche, ajuste un lorgnon imaginaire et déchiffre les consonnes qui forment le mot *karama*. Allons bon. La bonne aussi ? La dignité, maintenant… Où le cœur va-t-il se loger, comment l'esprit vient aux filles, es-tu autre chose que corvéable à merci ? Où est le fouet ? Oublie le fouet. Qu'on m'apporte un harnais. Femme, le harnais ! C'est pour la bonne, elle m'apportera le gourdin, j'assommerai le fils indigne – mais pas avant qu'il m'ait apporté le tisonnier. J'entends bien graver dans ta chair, ma femme – mais apporte-moi d'abord le harnais – j'entends bien y graver quelques sentences bien senties – que nous ne sommes pas un *gens* unique comme le prétendent les pousseurs de bois, mais que je suis maître chez moi. Que l'on m'apporte du charbon !

C'est alors que le monde se mit à tourner. Ils vinrent à lui d'angles différents, obliquement, bien décidés – lui sembla-t-il – à crever la sphère dont il était le centre. Peut-être était-ce le moment de leur proposer une trêve, un arrangement ? Il rejeta l'idée pour ce qu'elle était : l'œuvre du démon. C'était d'ailleurs lui qui s'était saisi des âmes de son fils et (si elles en ont) de sa femme et de sa servante. Ils continuaient à tourner autour de lui et à briser le cercle, parfois, approchant de ses yeux comme un éclair, et ils murmuraient ces mots de liberté et de dignité que des doigts malhabiles avaient écrits sur les pancartes. Il se souvint que c'étaient ses doigts à lui qui avaient fait le travail. En somme, on lui volait son œuvre ! De quel droit ? Ces deux femmes (ces deux fantômes qui me tourmentent) ne savent même pas lire – il convient d'ailleurs qu'il en soit ainsi – on le voit bien, maintenant. Mais alors, les pancartes ? Est-ce le troll… ? Tentons une diversion. Omar se saisit, d'un mouvement brusque, du poignet de sa femme mais ses doigts se refermèrent sur le vide, il voulut gifler la petite servante et rencontra le néant, il n'osa mordre son fils au cou, craignant de goûter son propre sang. Mon Dieu, cette épreuve finira-t-elle ? Pourquoi, pourquoi m'as-tu laissé en arrière…

Le désespoir le réveilla, cette fois-ci pour de bon. Il était en sueur. Sa femme respirait doucement à côté de lui, profondément assoupie. On entendait à peine son souffle régulier. Au-dehors, la ville bruissait d'une rumeur paisible de belle endormie. Allons, il avait fait un mauvais rêve. Maudissons le Diable ! Il se redressa sur le lit, puis se leva et chaussa ses babouches, s'apprêtant à faire ses ablutions. Il était temps de rendre grâces à Dieu.

Alors qu'il se dirigeait pesamment vers la salle de bains, il vit, dans le couloir, soigneusement déposée contre le mur, la pancarte qu'il avait fabriquée la veille. Ah oui, la manifestation, cette après-midi… Il y serait. Sans faute.

TABLE

Composition Interligne
Loncin

Cet ouvrage a été imprimé
en septembre 2012 par

CPI
FIRMIN-DIDOT

27650 Mesnil-sur-l'Estrée
N° d'édition : 52605/01
N° d'impression : 113474
Dépôt légal : octobre 2012

Imprimé en France